クライン・ブルーの石

一原有徳
「山行小説集」

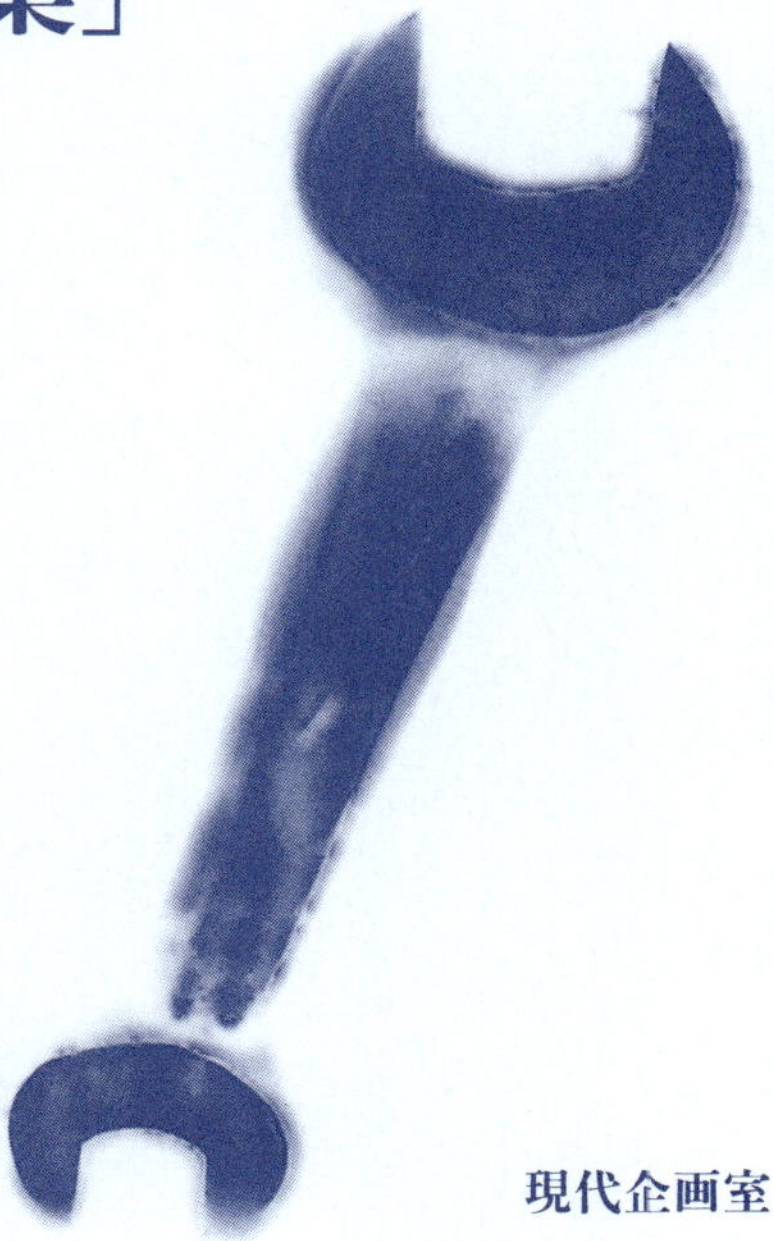

現代企画室

クライン・ブルーの石──一原有徳「山行小説集」

装丁——有賀 強
カバー装画——一原有徳

目次

I

本書に登場する主な地名と山

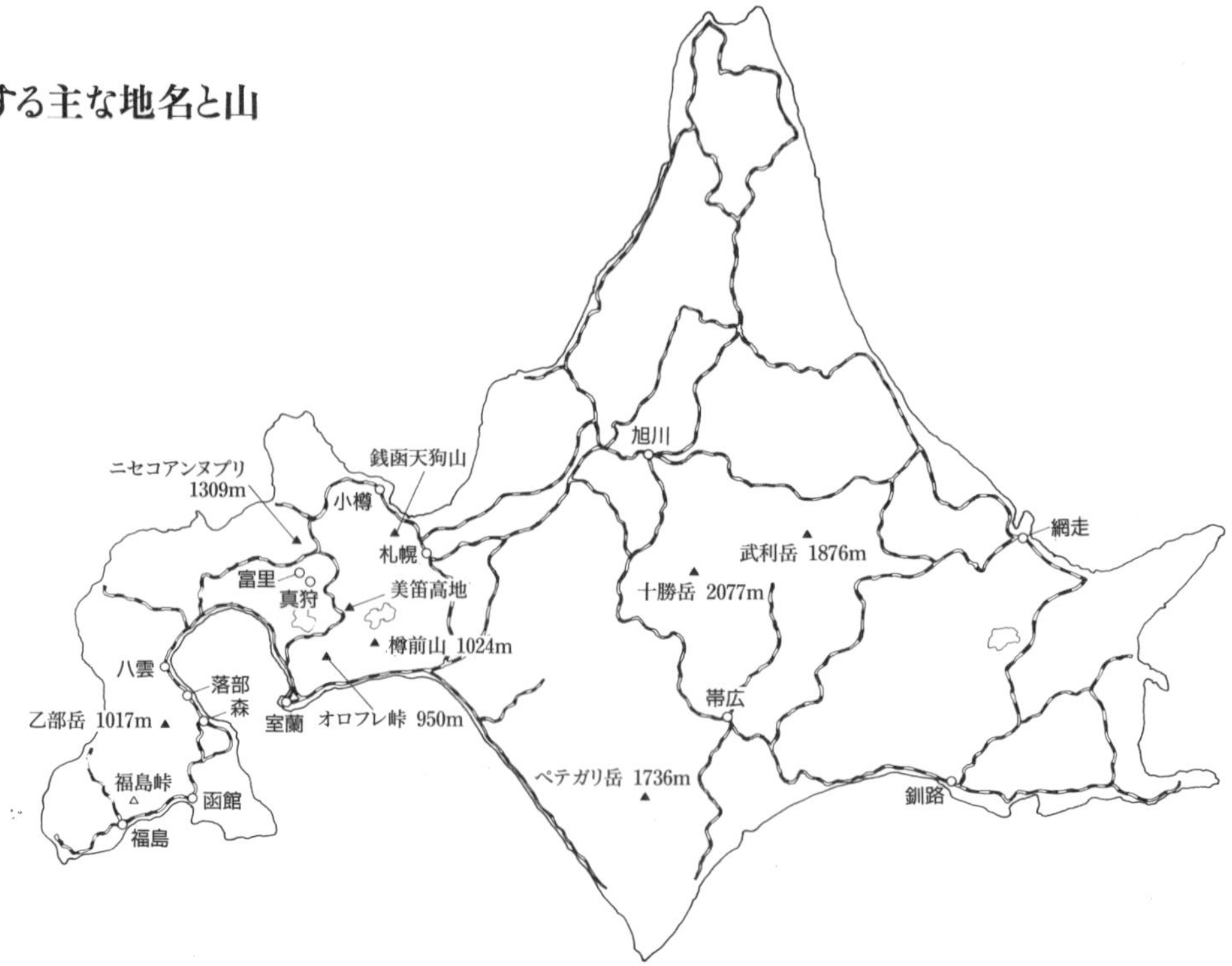

I

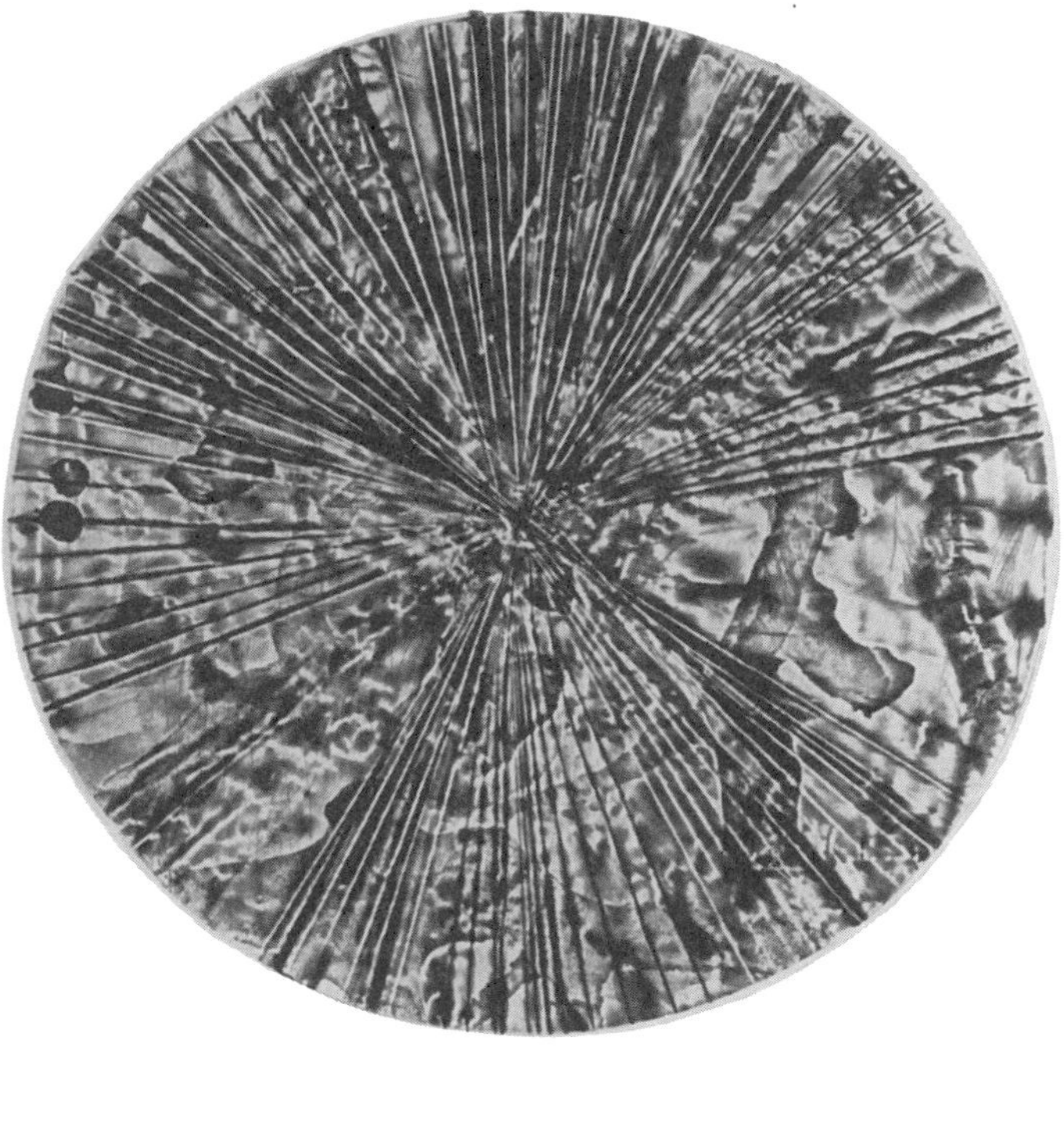

sun 1　1964年

化身

蛇を嫌う人の中でもとくべつ蛇が嫌いの私に、今までにただ一度、このような美しいめんこい蛇を見たことがあります。

裏の山に散歩にいった時のことでした。大きな蛇、青大将を道で見ました。蛇を見る時にいつもこうですが、心臓の鼓動が知らず高鳴り、手足がわなわなとふるえてきます。ここから先へはゆく気になれずに引きかえそうとしましたが、この時はどうしても足が動きません。眼をつむっていれば、蛇はやがて草にかくれるでしょうに、なぜか眼を離せないのです。

私は額からたらたらと汗が出て来ました。しかし、妙なことには、その青大将は一向に去るようすもなく、私の方を見ているのです。蛇の眼にふれて一層おそろしくなるはずなのに、その蛇の眼を見ているうちに、私は別のものを感じて来たのです。仏心が宿るといいますが、その蛇の眼に特別の心が感じとられるのでした。

私は眼を離せないままに見つめていますとだんだんその蛇に、わけのわからぬ親しさといったものが湧いて来たように思われました。

しばらくの間、蛇は動かずにいましたが、少しずつ私の方に近づいて来ます。するすると斑点が移動する蛇の動きの気味悪さ。しかしこの蛇にはその感じがありません。その動きがなくて、一本の棒のように見えます。長身を硬直させて、クックッと、足をくじいた人が、足をずらせて歩くように、その棒状の蛇が静かに、しかも私をおどろかせまいと用心して近づいてくるもののようです。

奇妙な蛇です。不思議なことだと思いました。

私はこの特異な動作をする蛇によって、ほかの蛇のおそろしさもだんだんうすれてきて、逃げようとはせずに、だまって見ていられるようになりました。

近づいた蛇を見ると確かに普通の青大将ではありません。薄雪草の花のような、銀灰色の美しい肌をしています。それも蛇特有の冷たい光ではなく、ビロードのような温い感触をたたえています。

ルナールが「長すぎる」と一言で表現していますが、たしかに長いのですが、それが長すぎずに適当に、尻尾は豚のように急に曲って、そこだけ見ると可愛い感じさえあります。

すばらしい蛇です。神様か仏様の化身かも知れません。私は怖い思いも消え失せ、好奇の眼を見張りました。すると、蛇は私の足もとに近づいてきて、棒状を二つに折り「く」の字にくねらせます。そしてつぶらな眼で見上げているのです。そのさまは、何か私に甘えているような、うったえているような素振りです。「ヨショヨシ」と、ひとりでに私の口から言葉が出ました。蛇はうれしそうに、尻尾をひらひらと振りました。

私は、こんな蛇なら飼ってやってもいいと思われてきました。でも、蛇という形態はどうし

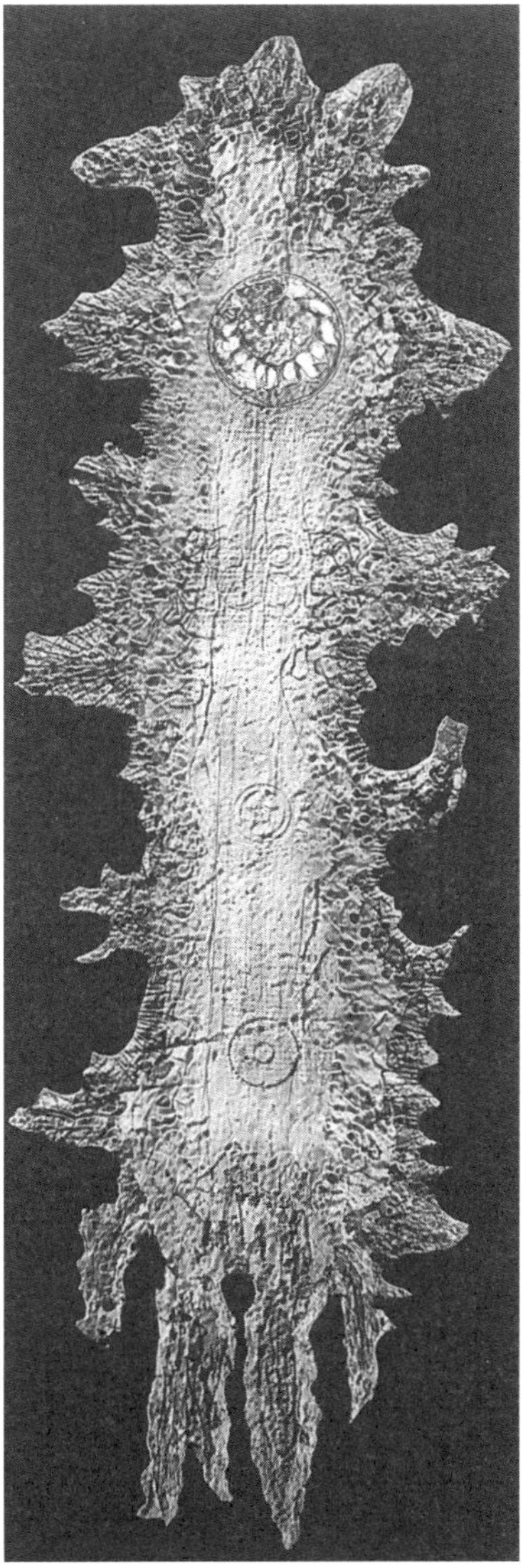

Ya　1966年

ても私を怖れさせます。美しい銀灰色のビロードの体をなでてやろうと思いひざを折って手を出しましたが、ドキッとして手を引っこめました。いつぞや玩具の蛇を見て、玩具と知りつつも何回もおどろいたことがあります。ましてや本当の蛇なのですから……。

このビロードの蛇は、私に連れていってもらいたいという風に、私は感じるのでしたが、蛇身であることは、どうしても私に恐怖の心を捨てさせません。動作を見ていると、何となく気がゆるせて、めんこく感じるのですが、こんな美しい蛇がどうしているのかと考えますと、何か恐ろしいものにとりつかれているように思われてきて、急に私は家の方に走りました。

しばらく走って、もう大丈夫と思い息を吐きました。が、私の足元に、くだんの蛇がいるのです。ドキンと心臓が高鳴りました。あんなに走ったのに、どうしてついて来たのかわかりません。蛇は身体を「く」の字に何回も曲げて、尻尾を振り、丸い頭を縦に動かして、私に哀願するような身振りを見せます。「困ったネ、お前を連れてゆくわけにはゆかないから帰りなさい」といったのですが、蛇は頭を横に振ります。そのようす、その素振りを見ていますと、蛇という気持ちは消え失せてしまうのです。

蛇、私は、蛇と思うから蛇と思われるので、この美しい特異な素振りでものを語る可愛い蛇を蛇と思わずに、一本の棒、何か名前をつけてみれば、だんだん恐怖もなくなってくるのではなかろうかと思いました。家に来たいというのであるが、家に来る何かの目的があるのでしょうか。人と同じ意志が示されるこの蛇は、神様の化身かも知れません。また何かの恩典が転げこみそうな気もします。まあそんな功利心では連れてゆかれません。ただ来たいなら来て、その目的が何かわからぬままにも、意志を遂げさせたいと思われてきました。「ひとりでついてこれるなら来なさい」というと、蛇はよろこんで、眼をぱちぱちさせたかと思うと、尻尾を直角にたてて、棒状の全身を宙に浮かせ、尻尾を中心にコンパスを廻しはじめました。だんだん

Yf(2)　1966年

早くなってその身体は見えなくなり、プロペラのように廻転して、それに五色の彩が美しく映りはじめました。そしてだんだん上昇してゆきます。子供の時によく作って遊んだ竹トンボのように……。こうして、私が歩いてゆく頭上をついてくるのでした。私は夢うつつに家に帰りました。そして私はその蛇の意志のむくままにしていましたが、私には蛇身の醜さはちっとも感じられません。その蛇は、それを怖れるごとく、動作から姿態に細心の注意を払っているかに感じられるのでした。

あの最もいやらしい腹に波打った鱗など、一度も見せません。あのめらめらと火を吐くような舌も……。

蛇はやがて私の室に入り、隅にかくれていました。伜《せがれ》が外からもどって来たので、いいものを見せてやろうといって、蛇を紹介しました。蛇は大変うれしそうな身振りを見せ、丸い輪になって転がったり、棒立ちになってぴょんぴょんはねたり、さまざまの芸をしてみせました。

以来伜は、私以上にその蛇になつきました。私も伜も愛犬愛猫をかう人の心と同じにその蛇を可愛がりましたが、不思議なことには私の妻が入ってくると、隅へかくれるのです。その素振りはひどく怖れおののく感じがしました。私は何かわけがあることだと思いましたが、深く詮索もせず、妻へも知らせずに時日を送っておりました。伜はこのことを、はじめから承知しているもののごとく、義母の動作を見ては気を配るのです。

蛇だというのに、キャラメルもチョコレートも、また林檎や、ぶどう、そのほか人の食べるものは何でも好んで食べます。その上プロペラのほか色々の玩具の持つ芸は何でもして見せます。

おとぎの国に出てくる話のようになりましたが、本当にその中の生活のように思われます。

そうして、夏も終わり、ある秋のことでした。大掃除をしようと部屋のものをみんな外に出し

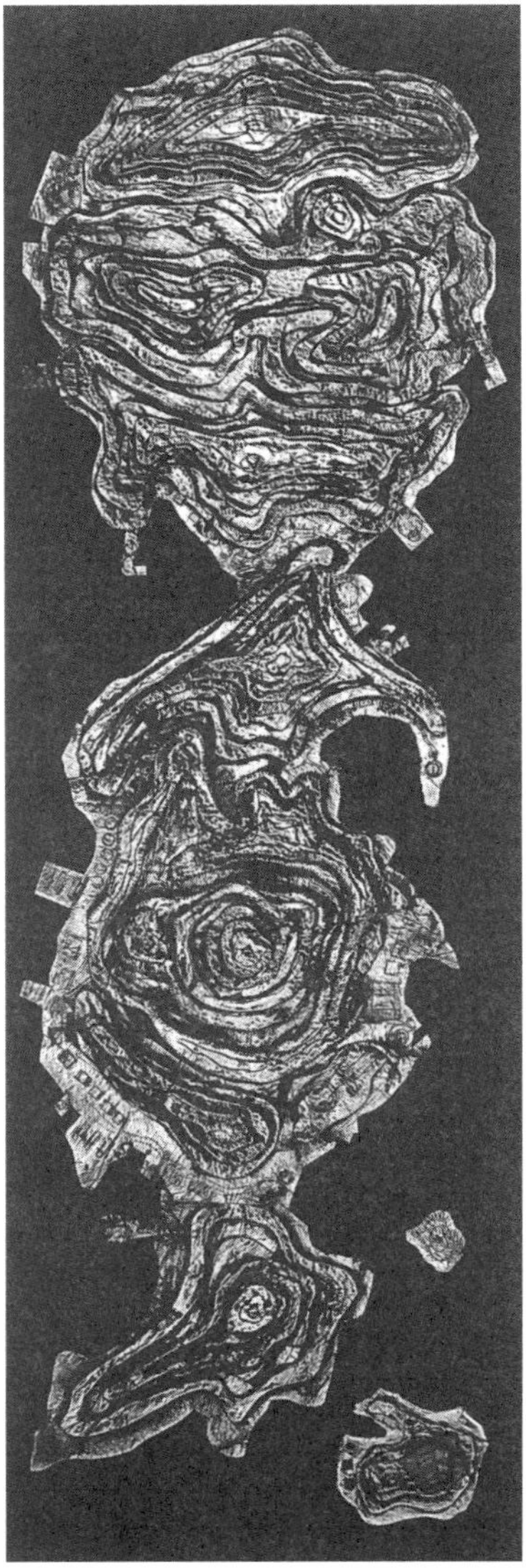

Yd　1966年

た時です。妻が室に入って来ました。蛇のかくれるところがなかったものですから、いちはやく例のプロペラをはじめ、室の上で旋回しました。蛇身をかくす唯一の方法なのです。妻は「何の玩具?」といって、立ちどまりましたが、その美しさに恍惚と見とれ、いつまでも離れませんでした。

プロペラの旋回は、おのれの姿をかくす意志を示すように廻りつづけるのでした。

私はただどうなることかと息をのんでいましたが、ふと室の中に煙がただよっているのに気づきました。旋回がすぎて、空気と摩擦を起こして焼けてきたのに違いありません。「もうやめろ」と思わず声を出したと同時でした。プロペラから白い煙が出て、パッと青い火をふいたかと思うと、施回の姿は消えて、ひとかたまりの煙が残りました。ぼうぜんと見ている私たちの前で、煙はしだいに室にひろがってゆきました。

銅色の月

夏も終りの夜更けの街を、私はKとともに夜業に疲れて家への道を急いでいた。港町や入舟町の問屋街はすでに雨戸を閉じ、山の手へ高まる街もおおかた灯が消えて、真向う空には大きな銅色の月が坐り、その逆光に、明暗の重なりあった屋根々々と、そのうえに黒い天狗山が、影絵のごとき風景をかもし出していた。

人影一つない直線をなして光る舗道、この中ほどに市を縦断するH線のガードがある。ゆくほどに、このガードが高まり、天狗山が下にのぞかれるようになって、月が隠れ舗道の影の中にさしかかる。そのときであった。突然、Kが私の腕を引き脚をとめ、無言でガードの上を指さすのであった。見ると黒い二つの人影がもつれて争っているようであった。なにごとかと思う間もなく、一人が突然落とされて、真っ逆さまに舗道に落ちてきたのである。

「ギャッ」という叫び声が聞こえたようだが、暗くて何も見えなかった。私は思わず息をのんだが、Kはその方へ駈けていった。私はまだ、墜死したむごたらしい死体なぞ見たことがない、見たくもない。いや、それよりも、見たところでもうこと切れているであろうし、変なかかわりあいになってもつまらぬことだ。私はKの行為など考えることなく、怖いものから逃げるように通りからそれて、ガードの手前の相生町の坂を登り急いだのである。何かうしろに引かれるものを感じながら……。

線路に沿うて登るこの通りには、坂の上で線路より高くなり、これに交叉する水天宮の陸橋、花園橋が架っている。私はその橋への道をとった。橋を渡りかけたとき、むこうから背をまるめた、一見みすぼらしい男が、よぼよぼと歩いてくるのであった。近づく顔を見て、私はドキッとした。青白い顔！　それは死人の顔だ。なのに、目だけは生き生きと、私へむけ、

〈まっていたよ、今度はあんたの番だ〉

と、おちついた、ダミのある声でいう。私は声が出ない。

さっき、ガードの上で争った、突き落した方でなくて、落とされて死んだ男だ。私は見ていないのだが、青白くつぶれた顔、ひとすじの赤いものが、その顔を伝わっているのですぐにそれとわかった。すると、男は私に応ずるかのようにぴたりといった。

〈落とされて、こんどは落とす番になるんだよ〉

私は、もと来たみちの方へ逃げようとしたのだが、いつの間にかその男はゆく手に廻りこみ、にたりにたりとうす気味わるい笑いを浮べて近づいてくるのであった。

橋の上を走ろうとすると、また前へふさがる。とうとう私は、橋の中ほどで欄《てすり》に追いつめられてしまった。見たところ、強そうな男でもなく、抵抗すればできそうなのだが、その男の何かわからぬ不思議な力が私を圧迫するのであった。そうして私を橋の欄に押しつけ押しあげようとするのである。私は欄につかまって、下を見るとはなしに見ると、いつも岩登りをするときの高さの測定、手がかりを探る習性が出て、気がおちついた。

私は自ら欄の外に出た。男はびしりびしりと私の手を箒《ほうき》のようなもので打つのである。手の甲や指に赤く血が滲んで、いまにも欄から離れそうになったが、頑張って橋桁に出た。多年岩登で訓練した技術は、こんなときにも役立つというものだ。私は橋桁の桟《さん》をゆうゆうとトラバースしていった。

ときどき青白い男の顔が橋の上からのぞき、箒のようなもので打つが、私にはとどかない。私は橋脚にたどりついて一息入れて考えるのであった。

なぜ、あんな弱々しい男に恐怖せねばならぬのか？　人の難をそのまま見すごしてきた、私自身の良心にあるのだろうか？　しかし、もうこと切れた人を前に、なにが私にできるというのだ。たとえできたとしても、その意志の選択は私の自由である。私自身迷惑な話ではないか。そんなことに束縛を受け、私までも同じ運命にされる道理は毛頭ないはずだ。

ここまで考えてくると、無性に腹立たしくなり、上をむいて「馬鹿野郎」と大きな声を出して、どなってやった。だが橋の上にはくだんの男のかげはなく、ガヤガヤと多勢の人声が聞こえてきた。

〈岩登の練習をしているんだよ〉

〈××山岳会の人だ〉

〈怖くないのかね〉

〈つまらぬことをするもんだ〉

土手の方にも多勢の人が、ぞろぞろと集って来て見ているのであった。

いつの間にか夜が明けて、橋の上にはトラックの通る音などが聞こえた。私は体裁がわるくてこまってしまった。

クライン・ブルーの石

ある年の四月、多勢の人と十勝岳頂上に立ったとき、私は東に展開する雄大な景観にしばらく魅せられていた。地図とは違ったいくつもの広く白い尾根、その下方にひろがる原生林が、果てしなくつづき、模糊として雪霞の中に消えていた。

私は仲間と別れ、一人この斜面にスキーを滑らせていた。私のロング・スキーに都合のよい広いスロープであった。広いところは大きくボーゲンの輪を描き、逆斜面を見つけては直滑降で、狭いところは斜滑降で右に左にスキーの先を上下させながら滑っていった。

長い長いスロープを滑っていくと岳樺が現れ、そのあいだを縫うように下りながら、雪の反射でまぶしい広々とした台地に出た。ここから一線を引くごとく針葉樹林帯となっていた。暗さに慣れるのにしばらく眼をつぶっていたほどである。幹の間の同じような景色のところを滑っているうち、幹がだんだんと大きくなっていった。

膝が笑うといわれるほどに疲れ、少し明るくなってきたところでザックをおろした。あたりは赤えぞ松の純林であった。紫褐色の樹肌の太い幹が、真っ直ぐ三〇メートル以上はあろう、枯れ枝のない生き生きとした見事な林で、しばし見惚れていた。濡れたスキーを脱し日にむけて立てかけ、紅茶を沸かすことにした。

ザックからコンロを出していたとき、ふと、ただならぬ光がさしている沢筋の方に目を見張った。

私は立ちあがり、そのまま歩いていって沢頭に出て見ると、深い沢を挟んだむこうには明らかに夏そのものの樹木の茂った丘があった。そして沢に下る歩道まで見える。私は目をうたがった。

よく見ると、眼前に一枚の巨大な鏡を垂らしたような平面が、劃然とこちらの風景と区切られているのであった。しかし鏡なら、こちらの赤えぞ松の林が写るはずなのに、透けているのだから、硝子のようでもある。

私はこの季節の違って見える風景に引きつけられ、硝子というより無形の二次元の幕のようなものの中に、いままでのことはいっさい忘れて、空身のままに浸入していった。

歩道は谷の方に下り、やがて石の階段になり丘に登っていた。周囲の植物も、見たこともない常夏の国の艶々とした緑に輝いて、色とりどりの大きな花をつけ、小鳥が囀っていた。

石段や、周囲の石垣のところどころには苔がついていて、廃墟のようでもある。草がからみあい、大きな常緑樹がたくさん茂っていた。道路は狭いが丘の中にはっきりとついていた。どこから来たのかネパール人のような、それでいて日本のある時代を思わせる服装をした数人に出会った。宗教的聖地のような雰囲気でもあり、見たことのないところに来た思いであったが、やがてそれも忘れ、この中に融けこんでいくのであった。

道を行くほどに、ところどころに広場があった。気が付いてみると、広場の中に道祖神のような石が、そこここに置かれていた。どれも幼児の面影を宿していた。そして一度に作られたものでなく、一つ一つが年代の違うもののようであった。

そのとき顔を布でかくした女の人が来て、生け垣のように茂っている蔓草の先を折り、かの石像の一つにかざし、絞っている。白い汁がたらたらと石の上にかかると、吸うように消えていく。水子地蔵の供養かと思ったが、あとから来た女の人をふりかえると、小さな絨毯のような敷物を敷いて、懐から裸の赤ん坊を出して座らせ、同じ蔓草を採って来て頭に汁を絞り垂らしてかけているのであった。赤ん坊はみるみる灰色に変わり、硬直して石そのものになってしまうのであった。私はそのとき、恐ろしいとも思わず恍惚として見惚れていた。なんとも言えぬ心境であった。

それから奥の方へ行くと、さらに熱帯林の感じで、濃い青空と澄んだ空気ともの音一つしない静けさがある。複雑な蔓草などが茂りまた色とりどりの花や果実がなっていた。パパイヤ、マンゴーのような私の知る果実はどこにも見られなかったが、その中に私が「これは！」と直感したものがあった。大きな太い幹に、無数に垂れ下がった蔓とも見える枝に、イチジクのような形の縞のある青い果実が、無数になっていた。

朝から何も口にしていない私は汗だくで、頭も朦朧として、食べられる果実かどうかも考えることもなく、五つ、六つともぎとってむさぼり食べたのである。いままでのどの果実よりもおいしく、飢えと渇きをいやすに充分であった。そればかりか、何か脳髄に風が通り過ぎるような爽やかさを感じた。

私は満足感に、なお奥へ歩を進めようとしたとき、むこうから、破れた服に見るからに憔悴と苦悩にみち、飢えと渇きにハーハーと荒い息を吐きながら、ふらふらと来る老若男女の一団があった。中の年輩の男が、

「ここはレッド・ホールですか、ブルー・ホールかな」

と問う。ブラック・ホールは聞いたことがあるが、そんなのは……。とためらっていると、

かの男、

「あるある、あったぞ、ギャラの実」

たしかにそう言ったように思う。私が手にしている果実を見て、おしのけるように横の樹の幹の方へ行き、果実を両手で採りむさぼり喰うのであった。

ところがその男、急に動作がおかしくなり、地にしゃがみこみ、そのままもがいていたあと、顔も手足も黒褐色に硬直して、ミイラのようになってしまった。

他の者は、別段驚いた様子もなく、顔色からすると当然といった蔑みのあとも感じられた。そういう私も、なんの心の反応もないのが不思議なくらいであった。

もう一人の若い女の人が、ためらいながらお祈りをして、沢山ある木の実に手を触れようとしていた。私はとっさに……

「それは食べちゃいけない」

と叫んでいた。私にはわかるのに、どうして他の者にわからぬのか、私には神通力があるのか、そんな筈はない、何かがあると思った。この名の知れぬ木の実には、陰陽極端な成分を持っているものが混在して生っている。身体に毒と薬、そればかりか、正邪善悪といった精神の成分までも……。無我夢中で採った私であったが、手が本能的に善玉の実を見分けていたらしい。

私は食べられるのをたくさん採ってみんなに与えると、一同大変よろこんで苦労してここまで来た甲斐があった、とうなずきあった。

「これでみんなが心一つになって、故郷へ帰り仲良く暮らせます」

と礼をいうのであった。しかし実のところ、私が食べられる実の見分けがわかるだけでどんな効果があるかはわからない。もっと必要ならたくさん採るといったが、欲をだしてはいけない。これでもう充分ですという。どんな効果があるのか問うたが、それはその人それぞれの心でおわかりでしょうに……、と穏やかに言うのであった。その女の人は首からペンダントをはずして、

「お礼にこれを差し上げます。これがないとお帰りが大変でしょうから、ぜひお受けとり下さい」

と、差し出されたペンダントは、黄褐色の小さなただの石だと思ったが、掌にのせて見ると、一面が平らに磨かれていて、よく見ると青色の矢印がボウーッとうかんで見えた。地図にあわせなくともよい、目的の方向を示すとのこと。山行する私には大変な宝物。さらに説明によれば、地理上の空間ばかりか未来へむかっての安全方向をも示すとか、私はよろこんで首にする

のであった。

またもう一人の年輩の男の人が、

「ここから出るには危険が伴いますから、よくよくの時にはこれに火をつけて下さい」

といって出されたのは、小さな葉巻であった。マッチやライターがなくともペンダントの裏でこするとよい、と言ってくれた。

お互い何回も礼を言い、頭をさげて別れた。気がついたことに、この人らは初めて見たときとは違った姿をしている。これはどうしたことか、トップモードといった装いで、気品に富んだそれぞれの顔は、出逢ったときとは別人の如くであった。

私は立ち止まって別れてゆく彼らのうしろ姿を見送っていたが、ふとペンダントをくれた女の人のうしろ姿を見て、はっと胸を刺すものがあった。小柄な体、色白の首筋、ヘアースタイルに衣装、そして歩く動作。もう半世紀も前に忽然と私の前から姿を消した彼女である。あの時のショックは大きかったが、私は不思議と親しい人であればあるほど、特に恋愛感情が伴えば、その人をイメージにすることができない。これは特殊な脳の作用があるとしかいいようがない。それに救われた。イメージにすることができたなら、私は悶え死んだかもしれない。そう思えるひとつの出来事を、私は長い間自分の心の底に持ち続けてきた。

私は思わず声をかけようとしたが、そのとき前面に二次元の平面に区切られた別の風景が拡がってみえた。刷毛で掃いたような絹雲の空。それは合歓の花のように、ピンクのオパールの輝きと、その下にはもっと紅い平原が無限に拡がっていた。彼らの一団は、その中へ吸い寄せられるように消えていった。恍惚と見とれていた私も、その中へ引き寄せられる思いであったが、ペンダントに目をやると矢印は逆の方向を指していて、踏みとどまった。

どんな効果があるか知らぬが、私だけが食べられるものを分別できる、ギャラの実とかいったのを、たくさん持ち帰ろうかと思ったが、待てよ、欲を出してはいけない。家族の分だけと二つ実のついた枝を手にさげた。これがあとで災いのもとになるとは思ってもみなかった。

路の傍らや樹の下に、風雨にさらされ着物がなくなり大きな茸のようになったミイラの数々があった。それでいて不気味さもなく、あたりにはいいようのない良い香りがただよっているのであった。ミイラになって取り残された男の顔をみると、私が社会に出て間もなくひどくいじわるをされた職場の先輩で、早く世を去ったと聞いている。タイムトンネルをくぐって半世紀前に戻ったのかと思ったが、葉巻をくれた男の人は、たしか動作や言葉使いから、今も生きている物理学者の親友Sに違いない。そういえば、あの一団は私に係わっていた者ばかりのような気がしてくるのであった。

私はもと来た道を引き返すことにしたが、見覚えのあるところはなかった。樹の茂みが道を塞ぐほどになり、くぐるように歩いてゆくと、突如、緑の森を切り取ったような明るみに出たのであった。一望全く別の風景が展開していた。ここにも無限の二次元で区切られた幕のむこうは、インデアン・イエローの風景、魚眼レンズで見るごとく、円い地平線……。横一直線の縞模様を重ねた、遠近法絵画そのままの人為的に作られた風景のようであった。すぐ前は、深い渓になって落ち込んでいた。

私は思わず立ち止まったが、その前に平面無形の幕に片脚をふみこんでいた。そのはずみに石が崩れて谷へ落ち、つぎつぎに他の石をさそい大なだれとなって落ちていった。それなのに、森閑として物音一つしないのも不思議、石のなだれが谷底に達したかと思うころ、白い雲が舞い上がって来た。中程に拡がってくると青い色を帯びて、よく見ると雲ではなくて蝶の群であった。私は平面の幕から離れて見ていたが、沸き上がる蝶の群は薄い青からしだいに濃さを増し、拡がって視界がふさがれてしまったのである。

しかし、青い蝶が埋められた視野は、二次元の幕からこちらにははみ出さなかった。正にイブ・クラインの平面である。「一センチ平方の青より一〇センチ平方の青が美しい」と言ったマチスの言葉に触発されて青一色の作品に専念したクライン自身も、これだけの作品は意図しなかったであろう。自然がなせる巨大な作品といえる現象に、私は茫然と見とれているのであった。しかし、このとき前面の青を吸い寄せて強く輝いているペンダントの矢印に視線が移り、私はいつしかその方向に無意識のうちに歩いていたのであった。

青一色のイメージが薄れるにつれ、灰色の一見建物かと思われた断崖が見えてきたのである。近づくと石切場のごとく、それが、山の稜線から刃物で幾面にも切り削がれたように、面の組合せでできた一大造形美を形づくっていた。その下に、なんの飾りもない入口と思える四角い穴が見えた。

不安ではあったが、ペンダントの矢印が指しているので、入口をくぐることにした。中は外形と同様に、平面に切り込んだ奥へ続く長い廊下となり、右側にさらに彫り込んだ店舗となっていた。市場のようでかなりの人が賑わっていた。

はじめの店は、石の塊が並べられているだけであった。その奥から研磨するような音が聞こえてきた。白と黒の縦縞の燕尾服に似た服の主人らしい人と客との応対を聞くと、人生を占い、未来を予知し、幸福をもたらすとかの講釈をしていたので、ただの宝石ではなくて、何か曰くつきの石らしいことが察せられた。

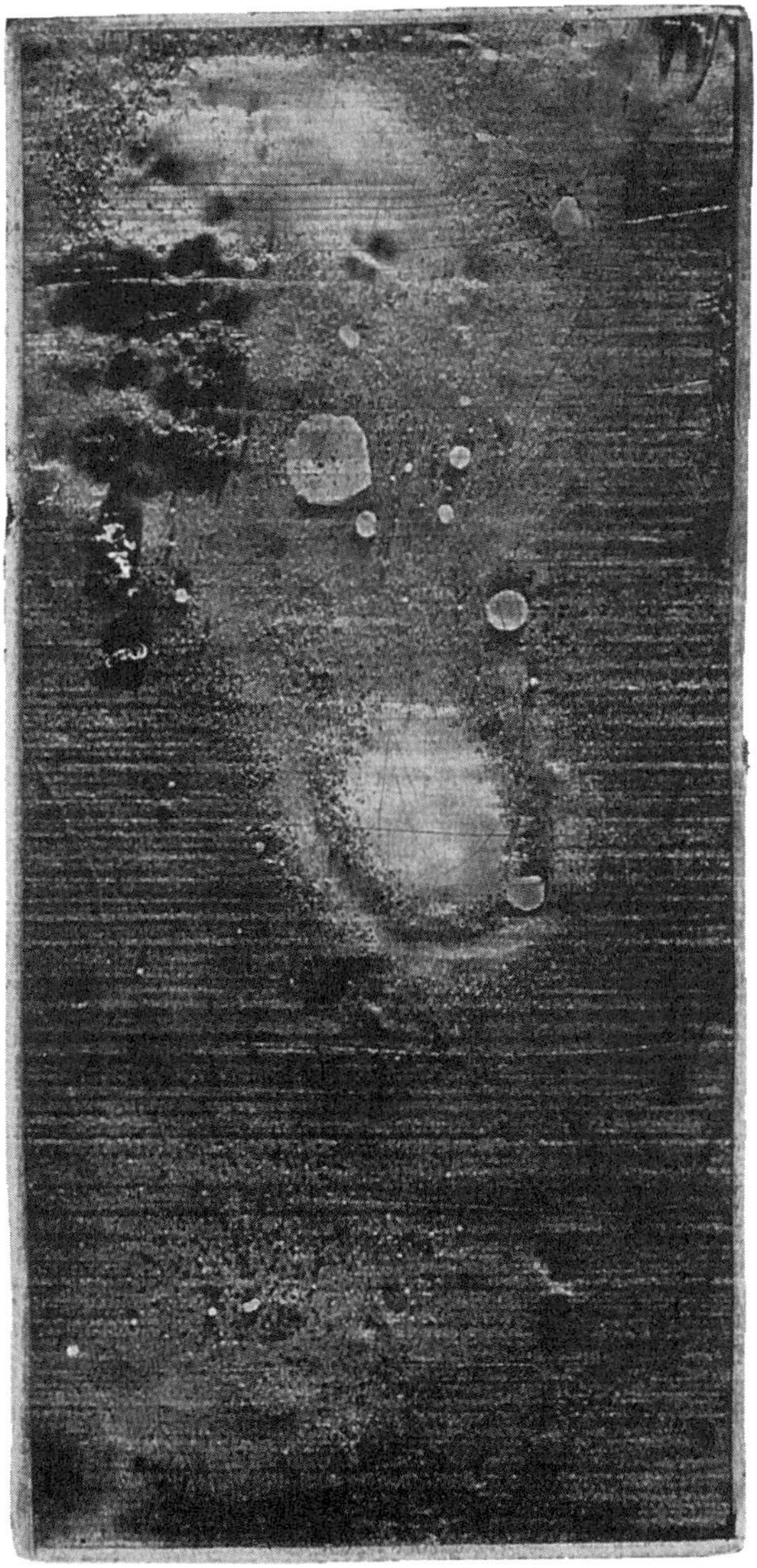

SUSI　1981年

積まれた石はどこかにピカッと光るところがあり、宝石の原石らしかった。研磨された宝石はどこにも飾っていなかった。背後に石の箱を積み重ねた基盤になった壁が、宝石の収蔵庫のように見えた。だが、その宝石になにか形而上的プラスがあるのは、シェラザードの奇術のようで、どうもまやかしくさかったが、私のペンダントの石のことを考えあわせると、判断がつきかねた。

そのうち、縞服の主人の視線が私のペンダントにふれ、

「それをどうして持っているのか」

と、大変おどろいたようすであった。私が貰った経緯を話すと、

「あれは私の娘で、その石はここを出させようと思って見つけてやったものですが、それを人さまの困難を助けるために手放すような、やさしい心を持ってくれたことが何よりうれしい」

というのであった。そういえば、かの娘、父に遇うことがあったらよろしく言ってほしいと確か言っていた。

「あなたのおかげです。私からもお礼に変わった石を差し上げます」

といって、片手を拝むようにして立てると、背後にある箱の一つが開いた。そこから出してきたのは、やはりペンダントであった。黒褐色の石の平面に、レモンイエローをした一センチ

ほどの、ドーム型の透明な石が浮きでていた。世界中の言語が収められている字引だという。心に探す字を思うと、透明な石の底に字が浮かびあがるのであった。また、わからぬ字の読み方、意味も心で示すと、ピカピカとして解釈の文字がつぎつぎに現れるのであった。そればかりか、音楽の問いにはメロディーがどこからともなく聞こえ、美術についてもレンズの底に映像がうつる万能の字引で、半導体の開発でコンピューターの進歩した昨今でも、これだけのものは作れないであろうと感心した。またいろいろとコンピューターの先をいくものを石の中から探しているらしかった。

こんなすばらしいペンダントをただもらうわけにはいかないから、木の実を置いていこうとした。私にはどんな効果があるやもしれないものだし、字引石の方がずっとよいと思ったからでもある。主人は、ギャラ（ここでもたしかこう呼んだ）の実はぜひともご家族に持ち帰ってください。娘と一族にたくさん与えてくれたことは、何十倍もの価値があるから遠慮なく受け取ってくれ、というのであった。

そして、ここの社会の誰もがあなたの持っている方位石があればここから出られるが、誰も出ようとはしない。それよりギャラの実は、私以外誰も欲しがるであろうが、ここの社会の秩序を乱すことにもなるので、くれぐれも渡さぬようにしてほしいと、強く念をおすのであった。

私は礼をいって奥へ進んだ。次の石屋でも石がたくさん並べられていた。大きいものでも三〇センチくらいで、手に取って見られるものばかりで、いろいろ面白いフォルム、石の質はかなりよい貴石で、瑪瑙や翡翠、トルコ石などの私がいままで知っている石にはない光と色合いなので興味をひいたが、よく見ると有機的な、なんと人体の一部分とみえるものばかりであった。つくったのではなく、天然のものばかりで、そこに価値があるのだという。頭部や指、腕、乳房、尻、ふくらはぎといった線と面のもの、そして眼や鼻、耳といった部分が浮き彫りに見える円盤状の石もあった。

だが、これらの石は美術品ではない。主人の説明によれば、彼のみが石にご利益の生命を吹き込むことができ、その形をした箇所の病気を治し、またその機能特有の働きを促すことが出来るのだと言う。

次々と店屋があり、気がついたことであるが、洞窟の外見と宝石屋のあたりは現代建築並みの、いやそれよりも構成された線と面が単純で、照明も明るく店の主人もすっきりした服装であったのに、中に進むにつれ暗くなり、やがて、焔のぼうぼうとあがる松明やローソクの照明となり、天井や壁を見ても堀削そのままの洞窟となる。またなみいる人らも古典的というよりも汚らしい服装になり、言葉遣いも荒々しくぞんざいになってきていた。

最後に見た店は、大きないくつもの硝子の水槽が並べられていた。それぞれ、むずかしい漢語の名札がつけられていた。顔のくの字に曲がった主人と客のやりとりから、相手に応じて、水槽の水を蔓草のような管で吸い取り、小さな瓢箪形の容器に入れて売っているのであった。それを吸い取るのは、霊感のある主人らしかった。

私を見るなり、

「ようこそ、ギャラの実をまっていました」

と有頂天になって、私に飲ませる管の用意をしているのであった。

「私が飲んだらどうなるのですか、どんな水なのでしょう」

というと、知らぬのが不思議といわんばかりの様子で……

「あんたのために、あんたの望む人に逢える状況をつくるエキスを、この水槽の中に残しておいたのだから……」

しかし、死んだ者に逢えることは私が死ぬことではないか、でなければ相手が生きかえることか、いや時間を元にもどすことか。でも積み重ねた生活の年月は、変えられぬものもあるではないか。私が居なくなったら、不幸をまねく者がたちまち二人いる。自我のみ求めることはゆるされない。

私に飲ますという水槽をのぞくと、月が溶けたように青い水を満たしていた。底に猫や犬のような、その下にはみみずのような動物がアルコール漬けにしたように沈み、果てしなく青く遠くつづいているかに見えた。私は胸がわるくなって、手を振って拒否した。私に応ずることのないのを見て、主人は態度をやわらげ、地に頭をつけて嘆願するのであったが、私はかまわずに先に進んだ。

それからもいろいろな店があったが、どの店もまやかしというより、この世のものとは思えぬものばかりで、お金ではなく、私の持つ木の実を、しまいにはペンダントをねだる者さえ出てきたのであった。

ただ暴力の振る舞いにならぬのはどうしたことか、ここの掟でもあるのかとも思ってみる。どこの店の主人も、私の木の実と交換することによって、お互い何十倍何百倍もの効用があると、異口同音に主張するのであった。

いまじぶん、そんな形而上的な薬物などあろうはずがない。私の持っている木の実とておなじこと……。しかし石屋の石だけは信用できそうである。それればかりか、木の実と交換しないようにとかたく言われたのは、もっともと思われた。

しかし、それでは済まされなかった。そうこうするうちに、

「俺が一番先に声をかけたのだから、俺が先に権利がある」

とかなんとか店の主人らがいいあって、客の中を押し分けて私に迫り、嘆願し服にすがりつく有りさまである。そしてさげていた木の枝をふと見ると、実が一つなくなっているのに気がついたのである。

もうここから逃げられない雰囲気であった。私はあわてて残った木の実を口に入れ、夢中でポケットから葉巻を出してペンダントにこすりつけたのである。その瞬間、青い煙があたりにたちこめて、何もみえなくなった。

煙が消えていくと、あれほどいた人がいなくなり、ただの炭鉱の坑道のごとく奥へつづいていた。真っ直ぐの一次元の洞窟の道を、私は走りつづけた。走っても走っても先が見えなかった。元に引き返すわけにはいかない。同じようなところを走っているようでもあった。暗い中をどうして走れたか、それはペンダントの石があったからであろう。苦痛がなかったのは、あのギャラの実を食べたからであろうと思うほかない。

長い長い時間、この昼も夜もない一次元の空間で、何時間も、いや何日も何十年も走りつづけているような気もしてくるのであった。そしてこの長い時間のなかで、常に揺れる摩擦で二つのペンダントの鎖が切れて落ちたとき、ようやく外に出ることができたのであった。ほっとしてあたりを見ると、赤えぞ松の風景が前面にあり、ふりかえると洞窟もかの丘の風景も消えて雪山の尾根があるばかりで、いままでの出来事がうそのようであった。立てかけてあったスキーを見ると、まだ乾いてはおらず、太陽の位置も直角で、スキーを立ててから、たいして時間が経っていないようであった。私は必ず山では時間を記録する。ここに到着したときに、記録をして胸のポケットにいれた記録帖を見ると、一〇・一五となっていて、時計の方を見ると一〇時二〇分を指しているので、たった五分しか経っていないことになる。コッヘルを出すまでの時間を五分とすると、今までのことは無時間に起きたことになる。

私はあっけにとられ、ここにいるのもおそろしくなり、コッヘルをザックに収め、スキーをつけて赤えぞ松の林を通り抜け、反対側の斜面に出て、長いスロープを直滑降でスピードいっぱい下っていった。

耳、口、鼻

耳

池袋の東口近くに、騒音に囲まれた狭い待避所のような小公園がある。人気の少ない朝、待ちあわせのため、ベンチにかけていると、遠いむかし、こんなところにいた記憶が蘇える。それは上野であったか、いやもっと小さな江戸川べりの小公園のような気もする。場所ははっきりしないが、そのときの出来事が、次から次へとイメージになってくるのであった。樹の下に南京袋継ぎあわせのシーツを敷いて、和服姿の婆さんが絵を描いていた。地味な着物に少し派手な花模様のチャンチャンコを羽おっていた。白髪の白い上品な顔で、きちんと坐って、絵筆でない小さな刷毛を動かしていた。側に置かれた紙、日焼けしたような手漉きの和紙であった。

水絵具を食器の皿に溶いて、刷毛で色の面をつくり、その境で線をなす。風景らしきぼうとした柔かな雰囲気のある画風であった。描き終わると、樹の幹に画鋲で止め、その下に「一枚拾銭也」と短冊型の紙に、草の葉を貼ったような文字で書かれていた。私は次ぎつぎと仕上る耳つきの和紙の作に見とれていた。

そのときである。あらわれた、やくざ風の若い男が「おい婆さん、誰に断って所場使ってんだ」、婆さんはジロリと男を見上げただけで手をやすめなかった。私は少し離れたベンチに退き新聞をひろげて、かげから様子をうかがっていた。すると、かの男が何か叫んで実力行使に及んだかに見えたが、イテテ、イテテと悲鳴をあげて、膝をつきうずくまったのである。婆さんはと見ると、前と変りなく、どういうことかわからなかった。すると、やはりやくざ風の中年の男が小走りに来て、「なんだこのザマ、シャキン婆さんの空手も知らないで」とかいって、若い男に平手打ちしたあと、婆さんに頭をさげ、引きずるように連れ去った。相変らず婆さんは声一つ出さずに絵を描いていた。私は一枚欲しいと思ったが、突発事態に気をうばわれてか買わずにしまった。気がついたことには、その前後、婆さんは客に対しても一とことも口をきかなかった。あとで聞いた話ではシャキン婆さんは聾であると……。

一九六〇年代、美術界の飛躍変貌の年といわれる。その代表作家の一人に「耳」の三木富雄がいた。平面立体と、小さな無数の耳から、巨大なブロンズまで、五官機能では最もグロテスクな耳をモチーフにした。人間のアンテナといってもよい外型の耳は、さほど機能としての作用はない。進化のむかしはともかく、高等化した人間には、その名残りをとどめているにしかすぎないものであろう。そうした象徴体としてか、当時の評価が高かった理由は覚えてはいない。大きなブロンズを見たことがあるが、仏像に通う威圧感があった。友人の感想には、無気味なグロテスクとか、恐怖感とか……。

口

銀座の和光の前の横断道路ですれ違ったひとの口許の美しさ、いやセクシーといった方がよいかもしれない。七十をすぎた私なのに、胸がときめくものを感じた。オーバーに聞こえるかもしれないが本当なのだ。こんな経験は若いころとてなかった。それが口なのだから、なんとも不思議というほかない。振りかえってみると、バーバリー地の質素な飾り気のない服装で、ヘアースタイルも、ごくありふれたもの、それだけのうしろ姿であった。何かの間違いか、口だけでなく顔全体でなかったか、いやたしかに口許である。引きかえして見直してみよう。そんな衝動にかられもしたが、信号が赤になって、彼の女は雑踏の中に消えてしまった。

どんな口だったか、もうイメージになるものでもない。土台私は人様の顔を覚え、イメージにすることが、典型的に白痴に近い。会社勤めに支障を来たし、近所の人の名を問い笑われたことさえあり、あきれるほど、名前と顔が覚えにくく別々になるのである。若いころ私を裏切った恋人の顔も、死んだ妻の顔もイメージにぼけている。その点では幸福な資性とも思われる。

たしか銀座ですれ違った人の口は、だまった口ではなく、何かで動いた口、表情の美しさであったことはたしかであるが、もう一度見たら幻滅の悲哀ということになるかもしれない。

夕焼雲の棚引くのを見ると、私はマン・レイの横長の巨大な口の絵を思い出す。斜めに唇だけを描いた油彩で、原色刷りより見ていないが、大きさと何かカラリとしたエロチズムのような雰囲気の感ずる不思議な作品である。といって銀座の人混みに見た口ではもちろんない。たぶんあの口はマン・レイに匹敵するモチーフとなる口ではなかったかとイメージにならぬのが残念。

鼻

これも古い話である。

「君の鼻は大きいナ。女のお尻のように見えて、気もちがわるいよ。」

会社の先輩にいわれ、はじめはさほど気にもかけなかったが、「おい鼻でっか」とか「鼻茶目」とかいわれ、気になりだした。本当に大きくてきもちわるい鼻なのか、鏡を見てもそう格好わるいとは思わないが、指をコンパスにして計ってみると案外幅があるものだと、さらに気になる。他人はどうだと、歩いていてもバスの中でも人の鼻を観察する。そしてアルバムを出して写真で比較してみて気がついたことには、なんということか、私より彼の方がよほど大きいことがわかった。大きさとともに、彼の鼻はワシ鼻というのか、魔法使いの鼻のように、一見細く見えるが、事実大きく醜いのだと思うと、明日逢ったら思いきり言ってやろう。いまいましさに、ときどき彼の鼻が夢にまで出てくる。

そうして朝になり、出勤するのももどかしく、いそいで会社の門をくぐった。彼を待っていたが、なかなかあらわれず。とうとうベルが鳴っても姿を見せなかった。その日彼は無届欠勤した。張りあいがなくなって、その日はうかぬ中に仕事の時間をすごしたが、気負いがなくなると、ワシ鼻というのが、あるいは一般的に立派なのかもしれない。抗議して逆にしっぺ返しをされたのではなかったかと思われてきた。しかし美醜は主観の相違なのだから、ともかくとして、大きさではたしかに違うのだから、それだけはいわねばならない。仕事が終って帰路、見舞の名目で彼の家に寄ってみたところ、出勤時間に遅れ、あわてて玄関でつまずき転倒、鼻血が止まらず、医者を呼んだとのことであった。まだ氷嚢で冷やしているところであった。こちらを見て、何か素振りしたのを母親が察して、私を呼んでいるという。近づいて耳をむけると、虫の息というか、蚊の鳴く声というか、かすかな声で、「あなたの鼻は美しいのよ」。そういったかどうか、私にはきれいな女の声に聞こえたのである。彼はその日を境に体調を崩し、会社をやめ、半年ほどして死んだということである。

それ以来、私はあのワシ鼻の人が気にかかる。美人女優の代表といわれるYさんがテレビに出ると顔をそむける。声を聞くと、背筋に走るものを感じ、いまでは遠いむかしの彼とさえ思われてくるのである。

（一九八三・十二）

掌小説十三篇

影

崖の道を登ってゆくと、ビューンと落石の音が耳をかすめた。崖に身を寄せたが、つづいて砂埃と小石が無数に飛び散って背に当たる。止むのを待って見上げると、男が崖の縁で大きな石を落とそうとしている。

「おーい、危ない、やめないか！」

怒鳴ってやると、姿をひっこめた。その瞬間に、私は急ぎ上方の凹みに身を隠した。と、同時に道をバウンドして大石が落下していった。うかがうと、かの男、石をかかえて下をのぞいている。私に気がつかぬふうなので、その隙に崖の道を駆け登った。

だが、そこには男の姿はなかった。三方見通しのきく台地なのに……。ちらりと見たゴマ塩頭にニッカズボンの男、どこかで見たような気がすると思うと、それは私であった。

人口問題

むかし人類は、生命を尊重する反面、たえず戦争を繰り返し、元素爆弾で大方は滅びたこともあったが、その後戦争は仕掛けた方にも被害があり、やらなくなり、人口は幾何級数的に増加をとげ、食糧難時代をむかえた。しかし、人類の智慧は植物への依存から脱却し、合成による大増産ができるようになった。これも設備と住居が、やがて海域まで使用しても地球上に溢れ、再び生存の危機をむかえることになった。かくして人類は、さらに根本解決として植物への変身が提唱され、これも科学的には可能となったが、その実行の裏づけとなる心の問題、つまり、形而上的な解決策が、はじめは美しい花の植物を望んだものが、しだいに原始植物へ、そうしてウイルスへの変身傾向となり、すべてが地球のはじめに還ったという話である。

石

宇宙船の故障で、太陽系から遠く離れた星に不時着した。岩石ばかりの乾いた風景が窓から見られ、生物はいないと思われたのに、どこからともなく人間の声が聞こえて来た。

「地球からようこそ、わたしらは次元が違い生物ではないのです。この星には液体がないので、その箱に水をつめてください。それでこの星の者がみんなたすかります。そのお礼に石をあげます。地球の人はむずかしい機械を使っていますが、その石一つで思った通り宇宙船を飛ばせます」。いつの間にか計器の上に金属の箱と一塊の石が置かれていた。箱に水をそそぎ蓋をすると、間もなく見えなくなった。「また来てくださいい、互いに必要なものを交換しましょう」。声が消えて宇宙船は空間に飛びたった。地球との交信はすべて故障していたが、石のおかげで思う方向へ。あの水は星の者全体に有効なのだから、たくさんの石と交換してもよかった、とおもいながら地球をめざして帰途についた。

月の墓場

月面の墓場の権利を得るため、山上の登録場へHと出かけた。麓に着くと、地面が自然のまま動くエスカレーターになっていた。石に腰かけていると、「そこの人休まないで歩いてください」と、拡声器の声がした。見ると、前の人は動く道を歩いてずっと先になっていた。ジグザグの曲り角で乗替えるときにも、うしろの人が追越していった。やがて、頂上に着くと、透明金属のドームが、折から昇った月に輝き、美しさに見とれていると、また「早くしてください」と、うながされた。建物の入口には、写真と料金を計器に入れるよう指示があった。硬貨がなく、写真も忘れてきた。登録を済ませたHが来て、金と私の写った団体写真から部分を切ってくれた。計器から出た切符を改札口に入れようとすると、通せんぼの装置がパターンとおり「締切時間です。あと二十年たったら来てください」と拡声器がいった。仕方ないから外に出た。

帰りの道々、Hはたしかこの間死んだはずだ、登録に遅れてよかったと思われてきた。

畸形児

六十近くになった妻が赤ん坊を生んだ。どうして気がつかなかったのか、床払いのときに抱きあげた赤ん坊の畸形のひどさに啞然とした。左側はさかしい大人のごとく目はらんらんと、右側は少しも成長せずにミイラのようにひなびている。

「栄養失調だ、早く医者に診せなくちゃ」

というと、赤ん坊はゼンマイ仕掛けの玩具のようにきんきら声で、

「医者なんてわかるものか、半分は栄養過剰だよ、ウウウウウ」

私は漱石の「夢十夜」の負うた子が大人の口をきく一篇を思い出した。すると、

「あんたのせいじゃないから、ポリ箱につめてさ、燃えないゴミのときに捨てな、ウウウウウ」

やっぱり夢であった。

廃墟

どこの街なのか、何んの学校であったのか、私はどこかの山からおりて来て、すぐにその学校に来ていた。小さな町にしては、なかなか立派な新しい造りであった。何か文化的課題の講演会があって、私もその一つを受持っているので、急ぎ着替をしてザックを廊下のロッカーに入れて、会場の講堂に入って見ると満席であった。すでにはじまっていたA先生の講話を聞いているうちに、だんだんと私の話す構想と同じであることが判って来た。もう一人の私が話しているかのようであったが、A先生はずっと若く、歯切れもよく、とても私にはあのようには話せぬと思った。時計を見ると、私の番の時刻はとおにすぎている。私がいないので代わりにA先生になったのかとさえ思う。

そんなはずはない、私が来たのは一時間も前であった。ふと見ると、教壇の上に、私のカバンが置かれているではないか？　私はハッとして、確かめにロッカーのとこ

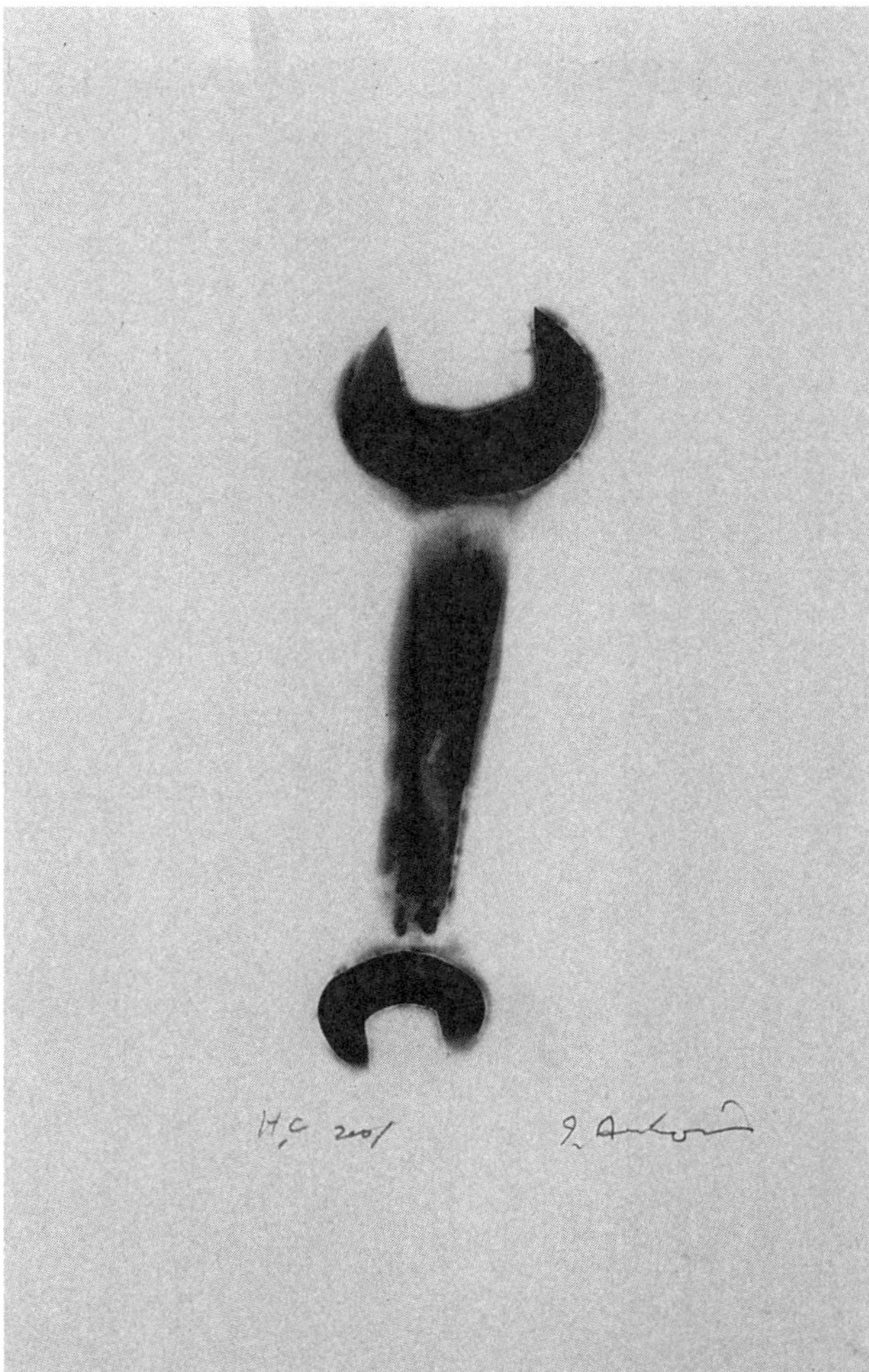

スパナー　2001年

ろに来て見たが、入れているところがわからなくなった。まごついていると、右翼的タイプの若い男が多勢来て、ロッカーをこじあけて、荷物を引き出しては、別の男が値段を札に書いて、床に並べているのであった。

なんということか、私のがないかと探して、ようやくザックを見つけ、持ち出そうとしたら、作業中の男に
「金を置いてゆけー」

と怒鳴られた。

「これは、私のだ。ネームがついているでしょう」

と、身分証明書を出して見せると、

「顔写真とは違うではないか」

と、なるほど、この写真は三十年前のものだから無理もない、困ったことになったと思っていると、親分らしいのが来て
「おいぼれだからゆるしてやれー」

といって、その場をのがれることができた。

外に出て楡の大木のかげの芝の上でザックをあけて見るとカバンはちゃんとあり、

原稿もそのままであった。カバンは講堂には持ってゆかず、あれは見間違いであったかと、首をかしげるのであった。

夢中でここまで来たので、もどる道がわからなくなり、通りに出ると袋小路、池があって廻り道、そうして時間はたつばかりで、気があせるばかりであった。

出逢った人に尋ね、ようやく来てみると、間違いなく元のところだが、大きな新しかった建物が、壊れて廃墟に等しく、さきほどのことは夢なのか、そんなはずはないと佇んでいると、中年の女の人が来て、

「先生じゃないですか、よかった、来てよかった」

と何度もいう。聞くと、

「ここで聞いた先生の未来のお話は面白く、なかでも、多勢いるみなさんの中で一人として二〇年後のこの場で一緒に遇うことはないでしょう、といわれたことに、あることを直感して、今日の日を待ち侘びて来たのです」

と、何回も同じことをいって小躍りしてよろこぶのであった。

私はびっくりした。先ほどのことがどうして二〇年、そしてそんな話はA先生がしたのか、私は覚えがないばかりか、この人に逢ったこともない、と思うと、どこかで

見覚えのある顔である。記憶を辿ると思い当った。あの日の山は朝早くの神威岳別名モンパーであった、そのときの女人である。

待たせし女人もどりには消え花魁草《おいらんそう》

というのが私の句にある。脚をくじいたという美しい女人が登るときにいた。軽い手当てをしたあと、朝食をしていないので共にして、色々と話をした記憶が蘇る。

私は誰彼かまわずに、そのときの心境を曝け出す癖がある。はじめての人でも、直感であって相手によりけりであるが、そのときの話かもしれない。頂上直下なので、待たせて登ってくると、彼の女人の姿はなく、その後も逢うことはなかった。

「夕食を街でとりながら、またお話しをしましょう。学校の中をのぞいて来ます」

と、私は一応廃墟の中に入って見た。そこには、つい先程あったロッカーも講堂もなく五、六センチのモヤシのような細い草が一面に生えていた。外に出て見ると、先程まで広い芝生であった広場は丈なす藪で、中に一輪花魁草とは呼びがたき、大えぞ丹生が半ば枯れて立っていた。

彼の女人はまたしても姿はなかった。

（一九九一・一一・三）

岩茸

宮間可良須が根の国に来てからのことである。生前の一時期、長く同行をつづけた岳友篠崎多持、五十代早々に白血病で他界した彼に逢いたくて訪ねることにした。彼は変りなくたくましく、今はある山の番人兼ガイドをしていた。麓に山小屋、といっても綺麗な原木作りではなく、瘤のついた、曲った樹木をたくみに組合せて、一見怪獣が伏せたような山小屋であった。

中に入ると、保育院でもしているのか、小さな児が多勢いた。夫人はまだ現世なので今は別な女性と同棲しているとのことであった。

その女性は、一見色白でか弱い感じであったが、よく見ると、変った衣装で、きびきびした動作からしてたくましいひとであった。

カラーテントや建築現場で見るシーツのようなガバガバした厚い布地を縫いあわせて、そうだ、絵具の代りに既成の布地を使ってするイタリーの現代作家ブーリの初期の作品を思わせる衣装であった。

多勢いる子供たちも、みんなそれぞれ違った感じの継ぎはぎの服であった。それが男の子と女の子の区別がはっきりとして、見事であった。帽子から靴までも、みんな手製と思われるものばかりであった。

今日は学校が休みなので、岩茸採りにゆく日だから一緒にゆかないか、というのでお伴することにした。

支度して外に出て見ると、既に夫々違った服装の男の子が六人並んでいた。正にブーリの展示。各々が持つ道具の違いから、パフォーマンスでもはじまるのでないかと思ったくらいであった。

それにしても、こんな小さな子を連れていって役に立つのかと思ったが、可良須より先にぐんぐんとゆく、そのうちに……。

「オジイチャンダイジョウブカヨ」

と一番小さな子が、大人の口調で、下からのぞくように声をかけてくるのであった。

雨がひどく降って来たので、中止になるかと思ったが、その気配もなく、丘の上に出るとゆく先の川が溢れて一面の水。見ると、小便で遅れた子が、ためらいもなく、ざんぶと川に入り泳いでいった。他の者はみんな向う岸で待っている。可良須もあわてて、靴のまま川に腰まで浸って岸についたら、篠崎はこれから一緒にゆこうといって、付き添ってくれた。

子供たちは、それぞれの受持ちがあるらしく、言わずともよく働くのであった。山際の細いみちをゆき、幾度も澤を渡り、森をぬけ、嶮しい山道を登ってゆくと、やがて、見上げる岩壁の下に出た。

さっそく、大きな子が、細い紐のようなザイルを出して、小さな子が先に登り出した。こんな細いザイルで大丈夫かと思ったが、今の製品はよく子供らにはこれでよいと。それにしてもザイル捌きが山とは違う。これはアルペン式でなくて杣人の技術の方がよいから取入れているのだと、篠崎はいう。見ていると実にスムーズに子供らが連携よく、たくさんの岩茸を採って袋に入れて、おろしているのであった。

それを篠崎は横目で見ながら話すのであった。

あれの子は一番上の五年生、中の三年生、下の幼稚園児の三人だけだと、指さしながら……。家にも七人いるが、女の子や乳児を含め、やはり三人だけである。あとは彼女の友人の子である。彼女、女は生むのに限度があるから友だちの援助を受けなくちゃ、といってそれぞれ、全く僕には予期せぬ巧みな策略にかかり、僕が彼女の友人に生ませた子なのだ。それゆえわけ隔てなく可愛がって育てていると……。また、いまは十三人いるが二十人以上は育てたいという。

そして誕生日には生みの親も呼んで大パーティーをたのしんでいると……。さらに子供が大きくなったら一家総出の会社をつくるという事業のプランが、すでに出来ているのだ、と。

夫人が来たらどうすると可良須が問うと、彼女は計算の名手だから、会計いっさいをゆだねる、常務取締役にすでにきめているというのであった。

（一九九九・二）

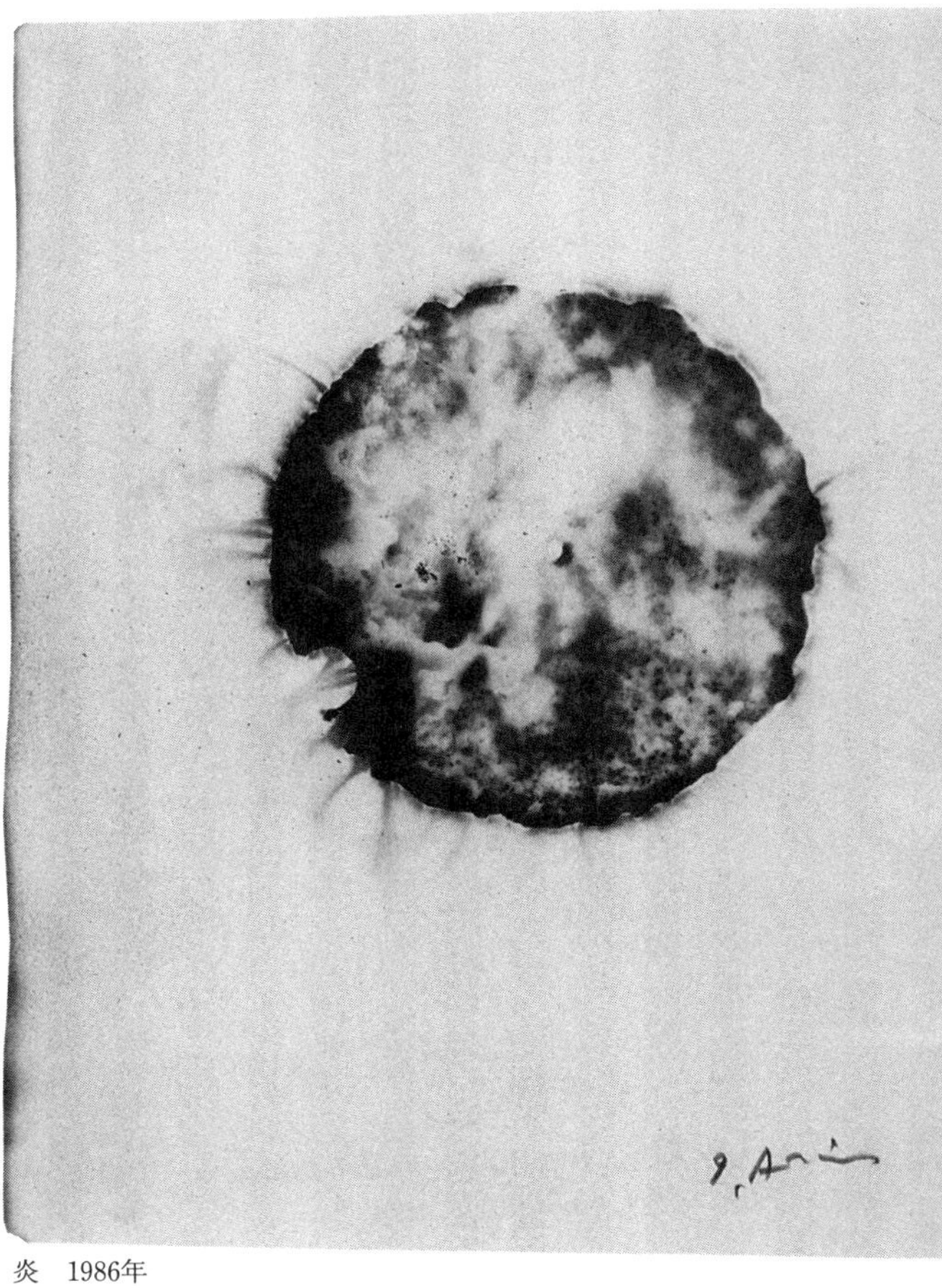

炎　1986年

街を見おろすルンゼ

朝早く、好天なのでしばらくぶりで散歩に出かけることにした。

山の手は、むかしからずいぶんと変っていた。芹ノ沢といったスキー場、職場のスキー大会をしたところは、びっしりと、新しいモダンな家が建ち並んでいた。その先の丘を越えたところは、むかしと少しも変わりなかった。平地に五〇〇メートルほどの間隔でポプラが数本並んでいた。その下に古い洋館風の建物があった。その一軒に山口文一さんが停年後移り住んでいたはずだ。

玄関をノックすると「ハイ」という返事とともに出勤姿の山口さんが現れた。再就職後の早朝交替出勤に出かけるところだという。

山口さんは、役所の後輩であるばかりでなく、赤岩山の岩登の仲間でもあった。私と違った、私の出来ない技術を持った独特のクライマーであった。

いまは停年後再就職して、朝早くの交代とかで、一緒に歩いていると、街にはゆかずに山の方へゆくのである。聴くと、街からは遠廻りになるので、いつも直線でゆけるところにしているという。誰も通らないし、山屋なら簡単に通れるところだという。

道からそれて間もなく、急な土砂礫の急斜面になった。山口さんはぐんぐんと先にゆく。私はスリップしてなかなか進めない。山口さんを見ると、スリップしても停まるのを待って、着実に行動している。私はスリップしないところを探していたので遅れるのであった。それでふと過去の経験を思い出して、スリップしても停まるのを待たずに、素早く歩を運ぶことだと、気がついて、山口さんに追いつくことが出来た。

それから灌木のある急斜面を下ると、小さな流れがあった。雨あとで水嵩が増していたが、山口さんは、ためらいもなくザンブと流を渡っていった。私も仕方なく渡った。しばらくして山口さんは、脚が冷える、冷めたい、と何回もいう。私は流から、つとめて黒い石を踏んでもいたから、むしろ火照っている。妙なことだとも思った。

やがて、屋根屋根を眼下に見おろす岩場にさしかかった。この岩場をどうして下るのかと思ったが、山口さんは先になって、ルンゼ（岩の急な狭間）におりてゆくのであった。それもそのまま前むきであるが、私は後ろむきでないと下られないほど急である。なるほど彼との赤岩山での技術の相違点を改めて思い出したのであった。私はフェース（岩壁）やカンテ（岩角）が、彼はルンゼやチムニー（両側の岩が迫って垂直なところ）が得意であった。

むかしなら、私とて大したことのないところ、山口さんは、それを知っていて、待つこともなく先にいったのであろう。だが、ルンゼを下ってテラスに出たが、待っていてはくれなかった。それればかりか、テラスの先までゆくと、道路が真下に見えるが、いまの私には到底下れそうもないルンゼになっていて、山口さんの姿はなかった。

ふと横を見ると、大きなお寺の屋根が見えた。お寺にゆけば街に出られる。何も岩場のコースをとることもなかったのにと、私は元のところに引返して、お寺の道を探すのであった。

山口さんは停年後一年もたたずに根ノ国へ旅立ったはずと、お寺の屋根を見て気がついたのであった。

そして、赤岩山のそのむかし、いまにして見れば、ささやかな、私のいくつかの初登攀があるが、それには一度として山口さんを相棒にしてザイルを組んだことはなかった。山口さんの今回の行動には、それに対する抗議があったような気がするのである。

（二〇〇〇・三・四）

ぐみ峠

日が西に傾いた峠にさしかかっていた。

不意の揺れに停まれば茱萸《ぐみ》の実樹にたわわ

この句、末岡睦の名作と同じに道の辺にぐみの実がたくさん枝にたわわに垂れていた。そして、ぐみとはうたがうほど大きく、サクランボほどで、日を受けて半透明に熟れかがやいていた。一つつまんで口にすると、融けてドリンクのようにのどをうるおした。

あたりを見ると、山の斜面はぐみの実の色に染まっていた。

私は、室生犀星の「ぐみの酒」を思い出した。三十五度の焼酎漬にしたいと、採取を思いついて、ザックをおろし、小物入れの袋を出して入れようとしたが、熟れすぎてくずれ、液状になる。堅い実がないかとあたりを見ると、高いところに、より大きくキューイの実ほどのが見られた。急な斜面を登ると、太い幹の樹で、実は高いところにあった。大きな実に見えるのは、私の眼のせいではないかと疑った。太い枝を二つほど登ると、どの枝にもびっしりとぐみの実で、もぎとろうとしたが、この実は堅く枝にがっちりとついたままで、まるで石のようであった。どれも石のような実でとれないので、樹からおりて、もう一本の樹に登って見たところ、その樹の実は、もぎとろうとしたらゴムのように伸びて枝から離れず、手を離すと、ゴムがちぢむように元通りになった。

これはぐみの実ではないとあきらめて、樹からおりた。

低い小さなぐみの実を食べるだけで満足すればよかった。欲を出したのがいけなかったと思いなおしたが、また液状になるのだから、水筒にだけでもつめてゆこうと思い、ザックを置いたところに来て見たが、見当らない、探しているうちに、日は麓の平原に没するところであった。

峠の斜面一帯のぐみの実に、パッと日が当たり、花火のように消えて、あたりは漆黒の闇につつまれた。ザックもなく、急に疲れが出てうずくまってしまった。

（一九九一・一・一）

雪のビバーク

夕闇が迫るころ、雪深い谷間でキャンプしようと、スキーで下って来たところ、小さな洋風の館があった。一夜を乞うてみようと、ドアーを開けると、小柄な老母がいて、息子が留守だから、そこのベッドで休むとよいといってくれた。

さっそくザックをおろし、コッヘルを出し、夕食の用意にかかった。すると老婆は、「私がご馳走します。そうさせて下さい」

そう言って台所のほうへ消えた。ややあって、皿に盛られた野菜や芋の煮付けと、見慣れぬ肉の刺身があった。聞くと、息子が獲った山鶏（えぞ雷鳥）の刺身だという。

そのあと老母との対話は、息子が北大に勤め、札幌に住むが、こんなところに別荘を造り、休日には必ず来てくれる、とのみにて、あとは私のことを殊更聞き出そうとするかにあった。

戦争中二男と戦後間もなく復員前に妻を亡くしたこと、そのあと再婚したことをいうと、かなしげな顔になったが、息子が敗血症で死にかけたとき、徹夜の看病をしてくれて一命をとりとめたというと、うれしそうに安心した顔になった。

そのあとベットにもぐったが、夜半息苦しくて目が覚めると、雪に押されたテントの中であった。

あの老母は死んだ妻に違いない。よく似てはいたが、何分半世紀以上たっているのだから無理もない。息子というのも死んだ二男であろう。共にあの世でよい生活《くらし》をしていると安心して、また深い眠りに入るのであった。


（一九九九・五）

雪玉

お昼の休み時間に、男女事務員達が中庭へ出て、日光浴をしたり、雪だるまを作ったりして遊んでいる。終戦翌年、三月の雪晴れの日であった。

そのうち、男女間に誰れからともなく、雪玉のぶつけあいがはじまった。その声、その動作、キキとした青春のよろこびが充ちあふれているようだ。この女性の中に樹田由美もいた。

僕は、中庭の隅に積まれた材木の上に、腰をおろしてこれを見守っていた。戦争という空白時間を挾んで、いつの間にか中年と呼ばれる年輩になってしまったのが、不思議にさえ思われる。ついこの間まで、この仲間に入っていたようで、うらさびしさが胸元から湧くのであった。これも戦中に死んだ妻のタイプの一部をそなえた、樹田由美がいるせいでもあろうか？

と、どうしたことであろう、雪玉は男女間にぶっつけあっていると思っていたところ、いつの間にか、男性も女性も、みんな樹田由美へぶっつけているのである。どうしてこんなことになったのか？　ものやさしい彼女が人にうらみをかうようなことなぞ考えられぬ。何がきっかけに、このようなことになったかもわからない。

「何をしている」と、僕は声をかけてはみたが、ぶっつける方は、ものもいわないで、皮肉な笑いさえしている者もあるのだ。女性の中でも特に弱い彼女に、多勢して雪玉をぶっつけるとはひどい。からかいかナ、と思ったが、見ているうちに、ぶっつけている方の顔がだんだん真剣になってきて、力をこめて、ピッチャーの投てきのように、ねらって投げているのである。

はじめのうち、彼女は「何をするの」とか、何んとかいって、抵抗をしめしたようだが、事務服が真白になる程命中して、そのうちの一つが、頬にくしゃりとあたり、今にも泣き出しそうになった。

あゝひどいことだ、と僕は思い、夢中で雪玉を作って投げる男めがけてぶっつけてやった。すると、僕の雪玉は、投げた男にはあたらないで、飛んでいる雪玉に当った。次に投げたのもそうである。そうして、彼女には当らないのだ。不思議な魔術をもっていることを僕は知る。どんどん投げると、みんな未然に、彼女に投げられる雪玉に衝突してしまうからすごい。

僕は得意になっていたが、ふと、彼女樹田由美を見ると、どうしたことか、すごい怖い目をして僕を睨んでいるのである。

「どうしたんだ」と、僕はいったのだが、彼女はものもいわないで、睨む目を離さなかった。が、突然踵を返してむこうへいってしまった。

茫然とする僕に、男女のざわめき、嘲笑の声がおこった。

（一九六六、三）

秋晴

雁の秋毛布重くぞ兵帰る　九糸

それから数日後のことでした。数え年五歳になる一人息子の正明をつれて、かつてランニングやスキーをしていた、裏山への道を散歩に出かけました。

この季節には、黄金明り一色に染む、尾根筋のから松林は、いつの間にか伐られて馬鈴薯畠になっていました。M町の方へ下る曲り角に、雨宿りなどした、大きな栗の木がありましたが、これも伐られて、テーブルのような株が残っておりました。

私らは、その木株の上に腰をかけ、軍隊から持ち帰った無糖羊かんに、配給になった葡萄糖やリンゴをひろげて、正明と食べ、そのよろこぶ姿に、戦争から解放されたと、しみじみ思うのでした。

しかし、出征中に妻に死なれ、母を失った私ら父子には、樹が伐られて広くなった空のように、充たされぬものがあったのです。

そのときでした。

山の上からゴム毬が転がってきました。だんだん大きくバウンドして、谷の方へ落ちてゆきました。

立ちあがろうとした私に、正明が、

「とうさん、とうさん」

と、頓狂な声を出します。見ると、さっきの毬が、谷の方から大きくゆるく、輪を描いてバウンドしつつ、のぼってくるではありませんか。私は声も出せずに見つめていました。

すると、少し離れた松の根方にぶっつかり、はねかえって、また別の角度の方向へバウンドしつつ、木立の中へ見えなくなりました。

「とうさん、魔法の毬だ！」

と、正明はいいました。すると、またその方向から、バウンドの高さを、ちっとも変えずに、私たちのいる方にむかってきて、頭の上を越えてゆきました。見えなくなってから、またしばらくすると、毬は必ずもどってくるのです。正明は、夢中で毬を追いました。こうして何回ものうちに、とうとう正明の手の中に飛びこんできたのです。

見ると、汚いテニスのゴム毬でした。

「野球になんないや、破ってみっか」

と正明はつぶやきます。私は、

「まてよ、破っちまったら魔法がなくなるかもしれない。いつか役にたつから、持っていなさい」

といったのですが、何かおかしさがこみあげてきて、大きな声で笑ってしまいました。

二十年たった今も、正明はこのとき散歩したことのうれしかったことを覚えていますが、毬の出来ごとだけは記憶にありません。私は、まざとまぶたの裏にうかびます。ただ妙に思えるのは、樹が伐られて畠だった筈なのに、毬のバウンドしたのは、たしかに林の中でした。

（一九六六、四）

コワク漬

それは暑い日盛りの山道であった。

一人息子に先だたれた私ら老夫婦は、しばらくは虚脱状態にあったが、元気をとりもどして、温泉めぐりでもしようということになった。そのはじめに選んだのが、N山麓にある薬師温泉であった。K温泉郷の豪華なホテルがあるが、その近くに渓へ下ったところにむかしながらのひなびた温泉がある。老夫婦が営み、山菜料理など出て、よい宿だという。駅の近くとも聞いたのでゆくことにしたのであった。

ホテル行のバスは満員で、一キロ少しのところなのに、シャツを濡らすほど暑かった。脚のわるい家内のために、何回も休みをとって歩いた。駅の前で、名物というコクワ漬を買ったきたのが悔やまれる。甕の姿がよいのにひかれて買ったが、至極重い。

帰りにすればよかったにと、私は小言をいう。ふと家内が思い出したように、

「梅漬と全じように干したらいっそうおいしくなるといっていたわ、どこかへ干してゆきましょう」

という。なるほどよい考えだと、そうすることにした。道べを見てゆくと、二メートルくらい離れた草むらの中に、平らな岩があったのでその上に、やはり駅前で買って来た盆を置きコクワ漬をひろげた。

それから坂を二つほど曲り登ってゆくと、樹の茂った中に、古びた標柱にかすかに薬師温泉入口という字がみとめられた。案外近かったといいつつ汗を拭いて休んだ。

ここからまっすぐ登ったところに、豪華なホテルの白い建物の一部が木の間がくれに見えていた。そのとき坂の下の方で声がするので振りかえると、大きな女の人が走ってくるのであった。気がついてみると、多勢の色のけばけばしい服装の団体らしいのが、ぞろぞろと上のホテルの方へむかっていた。先の者でも呼びとめているのであろうと、私らは薬師温泉への道をとろうとした。また声がして近ずいて来た人をみると、女装の男らしかった。

「おい、そこの老ぼれ！」

不穏な態度である。何ごとかと私はけげんな面持でいると、

「これお前のか！」

とさし出したのを見ると、コクワ漬をひろげた盆である。うなずくと、

「手前らのおかげで、この大事なライターがダメになった。どうしてくれる。これいくらと思う、十年前シカゴで五〇ドルもしたんだぜ、コクワ漬など置きやがるから、腐蝕してダメになったじゃないか、弁償しろ」

それはいいようのない剣幕である。私はあっけにとられていたが、

「どうも済みません。私がいけなかったのです」

家内が深くおじぎすると、

「謝ってすむと思うか」

盆を道にたたきつけたのである。おろおろした家内は、

「お金は持ちあわせありませんので、この指輪でだめでしょうか」

息子が誕生日に買ってくれたサファイアの指輪を指からはずそうとしている。

「失礼な野郎だ。イミテーションの指輪でごまかそうとするのか」

家内の横面を殴ったのである。私は、何をするか、と思わず杖を振りあげたのであ

った。すると、

「まあまて」

といって来たのが、服装からみると、彼らの親分格の者らしい。

「君も乱暴しちゃいかんな。まあわしに免じて許してやって下され、あやまる」

ぺこりと頭をさげるのであった。くだんの女装は憎々しげに私らをにらみつけている。私は虫がおさまらなかった。

「親分さん、謝まられてもあんまりひどいじゃありませんか、道から離れたところで通りにさしつかえないところでしょう。なにもコクワ漬の上にライターを置かなくとも、コクワ漬も盆も買ったものですよ」

私はつとめて我慢しておだやかにいったつもりだが、かの親分は、

「君も話のわからん奴だ、岩はみんなが休むためのものだ。オッカチャンが悪い了簡をしたら注意しなけりゃいかんのじゃないか」

と逆襲である。いつの間にか集って来た仲間の団体連と思われる連中も、老ぼれとは時代が違う、こんな野郎がいるから自由に車も走らせられないんだ、そうだ、そうだ、という罵声の渦である。

私は怒り心頭に達して目が覚めた。

II

青い岩壁　1968年

乙部岳《おとべ》

函館本線八雲《やくも》駅から三つ函館寄りの落部《おとしべ》駅に、横田周三が下車したのは、七月も終わりの昼さがりであった。プラットフォームの中には、木枠で囲った花壇があった。ダリヤのあでやかな花が、色とりどりに咲き誇っていた。

周三は、これから夕方まで上ノ湯まで歩くつもりでいたが、駅の前に小型のバスが停っていたのでたずねると温泉行きであった。五日分の山行装備をつめたキスリングを、バスの柵のある屋根に積んだ。客は周三ひとりで、他は沿道部落の人たちだった。一日二往復で、客は無料、沿道の人は月極めになっているという。

バスは、海岸の市街からそれて線路をわたり、落部川右岸の道を奥へと走る。両岸の平地がだんだん狭くなって、標高の低い割りに嶮しい山が迫ってくる。出尾根が断崖をなして川に落ちこむ、その上を削った道、これを越えて下ると、またいくばくの川辺りの畠地があったが、ここは何も作られていない。赤土が掘りおこされたままになっている。隣りの八雲など、この地方は北海道でも屈指の酪農の地であるのに、ここは下流にサイロ二つを見ただけであった。

「離農村だものなあ、しょうがねえ一反歩三万でも買手ねえんだから……」

「どうしてですか」

周三は隣りの席の中年の男にたずねた。

「ここは風が強くて、何作っても実のらねえんだね」

三十分程で、畠地のつきるところに、二つの温泉旅館があった。バスは交互に二つの旅館が運転を受持ち、指定せぬ限り、そのときの客をとることになっている。周三は、奥の銀婚温泉の客となった。日光神橋のようなペンキ塗りの橋が、溜め池にかかったのをわたると、古びた平屋の旅館があった。

先代が、明治の中ころ、むかし温泉が湧出していたというアイヌの言い伝えに、人力により掘りあてた温泉で、銀婚記念日の湧出なので、その名をつけたということだ。

周三はただひとり、温泉壺《ゆ》に浸っていた。床も壁も天井もすべて板張りであった。よく磨かれた壁は、木目が地形図のようにあらわに出て美しかった。小さな窓から午後の日が射しこんで、ゆらゆらと反射光が、その木目に映っていた。いよいよ明日から、小さな山とはいえ、未知の領域に突入する。湯泉にいても、周三は心からくつろぐ気にはなれなかった。

目的の山、乙部岳は、周三にとって登りたいと思って久しい山であった。道南半島部の中央に位置しながら、人里から遠く離れ、奥深く姿を見せず、そのうえ、一〇〇〇メートルを少し出たにすぎない、地図上で想像するだけでも貧弱な山で、誰一人として登ろうとしない、おおかたには、その名も知られない孤独な山である。

こんな山に、横田周三は、なぜ登ろうとしたのか？　むろん、はじめはさして興味をひかれなかったが、その人っ気の全くないかくれた山なるがゆえに、しだいに心をひきつけられていったのである。しかし、なかなか登る機会はこなかった。この山は、あまりにもアプローチが長すぎた。麓まで、どうきりつめても往復二日ないし三日はかかる無駄な行程がある。

周三は、小樽に住む地方公務員だったので、学生のように連続して休みはとれなかった。とてもプランのたてられる山ではなかった。終戦後自由に休みがとれるようになっても、周三には、かつてH大学山岳隊によるものしか記録のない日高山脈や中央高地の山々に、より以上の魅力を感じ、それへのプランをたて、その登行に十数年をあてていた。道南半島部の山も短時日で登れるものは殆んど登りつくし、中央高地や日高山脈も、より大きく、よりむずかしい数々の山に登って、あとあとまで残されたのが、この乙部岳であった。周三が注目してこのか

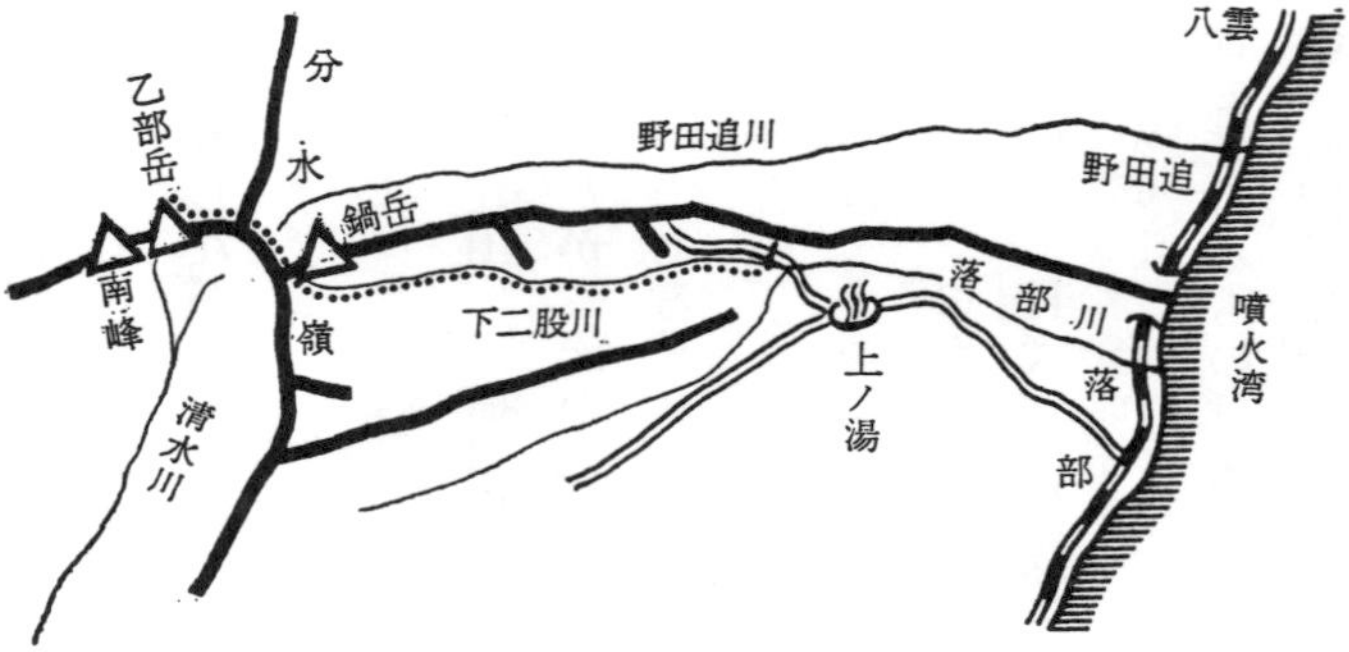

た機会がないまま三十数年を経た。この山程深く心にあたためた山は他にない。

いく度となく地図をひろげ、ルートを考え、プランを練ってきた。ときには夢にまで見た。夢の中では、貧弱な山がより高く厳しく、立派にたちはだかり、むずかしい登行を要求される、誇張された魅力ある山となっていた。

山登りの動機は、人それぞれに異なる。周三は病弱の健康法としてはじめた。だが、それは周囲への口実にすぎなかった。本当は、未知なる地域を探る好奇心が、はじめの動機であったといえる。少年のころ、外国航路の船員の叔父に、話を聞いたり絵葉書を見せられて、その心が芽ばえた。周三も、大人になったら船員になって外国を見たい、金をつくって探検家になれたらとさえ思った。

地理が好きで、小遣をためては参考書を買った。ロビンソンクルーソーやリビングストンを、少年雑誌で見て感激した。

地図をひろげては、未知の地域の空想にふけったものである。しかし、家はそのころ貧之のどん底で、小学校を出るとすぐに新聞社で働かせられ、甘いのぞみはすべて捨て去られ、少年時代の夢の最低のねがいが、周三を山へゆかせたのである。

　だから、新聞紙上にも、記事や写真がよく出て、多くの人がゆく大雪山や十勝岳は興味がうすく、記録の少ない写真を見ることもない。たとえ小さくとも、人に知られない、かくされた山にあこがれ、そんな山から次々と登った。

　未知を開くというところには、小さな山にも研究工夫がともなう。周三は山登りは一つの創作であると思うようになった。目標の山へ、自ら考えたルートと、それに対する装備と体力作り、実行して成功したときのよろこびは大きい。今の時代ならヒマラヤも楽にゆけるが、周三のたどったのは、この北海道の中の小さな山に限られていた。小さな山の小さな頂、これに目標をおいて、限られた小さな行為の中に、自己の世界を求めた山行が周三のものだった。

　周三が過去三十数年の山行の中で、心に残る山はおおむね単独行だった。H大学学生のパーティーが一週間かかる山を、新しいルートをとって三日で登った山、二十二時間歩きつづけた山、岩壁にとりつき進退きわまったこと、滑落中木にぶらさがって助かったこと、など……困難と危険の数々の経験がある。この周三にしては、未知といっても知れたものなのだが、残された僅かな未知の領域へ、心にながくあたためた山として、ようやく周三が五十五歳の停年になる年、残りの休暇を利用して、はじめて、この乙部岳の麓に、その第一夜をむかえたのだった。

周三は、ねむれぬままに、ルートのことを考えていた。乙部岳は、地図が作られて以来記録がなく、道なぞむろんない。冬はスキーが利用できるが、ラッセルが大変なので夏を選んだ。尾根は北海道特有の根曲笹が密生するので、頂上またはその近くに源頭をもつ川を溯行《そこう》するよりほかない。日本海にそそぐ姫川が一番楽なようだが、そこの乙部村にゆくのに、交通の便がわるく二日もかかる。噴火湾側に野田追川と落部川がある。何れも二〇キロメートル程奥まで部落があり、車道が通じている。

周三はこのうち落部川をとった。源頭は野田追川とともに前山をなしている鍋岳であるが、ここまでゆけばブッシュを漕いでもゆけるだろう。地図上落部川の上流には上ノ湯という温泉記号があるのが、この川を選んだ理由でもあった。

周三は、朝飯をとらずに温泉を早発ちした。落部川は、この温泉のすぐ上流で、天狗岩という断崖を挾んで二股になる。その右股の、下二股川が周三の選んだコースだ。車道は二股で橋をわたり、下二股川沿いの台地についていた。道路のある限り、これを利用せねばとゆくうちに、二反歩程の畠を前に古ぼけた農家があった。鶏がけたたましく騒いでいた。

奥地の様子をたずねようとして立寄ると、十歳位の少年が鶏に餌をやっていた。

「オトーケガして、オッカチャンつれて町さいったきりだ」

周三はザックをおろし、駄菓子を紙につつんで少年に与えた。周三は山にゆくたびに菓子をたくさん用意しては、山村の子供に与えるのが好きであった。幼少のころ、マッカリ岳の山麓に、移民の子として育った周三には、主客を代えた深い思い出があるからにほかならない。

周三が徳島県に生れて間もなく、父母が先入開拓者の伯父を頼って真狩村、今の富里に明治の終りのころ移民してきたのである。先入者の残した土地はよくなかった。周三の父は開墾七年にして見切りをつけ、市街地に出て、雑穀のブローカーになったが、成金時代が不況時代に激変した影響をまともにくって、多大の借金を負い、同郷の者を頼り夜逃げ同様の姿で小樽に出た。大正七年のことである。ここで労働者となり、後、青年時代に趣味で習った花火技術が役立ち、小樽市の山手にある煙火工場の技師となって勤めるようになった。

周三は小学校を出る間もなく、新聞社の給仕となり、後に同郷人の世話で、市の中央直系の逓信出先官庁に勤めるようになって四十数年、いま、停年をむかえようとしているのである。

さて、この真狩の開拓地は阿波団体といって、函館本線狩太駅から洞爺湖に通じる道路上にあった。海岸の長輪線がなかったころのこと、修学旅行の学生がよくこの地を通った。そしてキャラメルやドロップの一粒やその空箱をよくもらったものだ。黄色い森永の空箱がなつかしい。

花に蝶キャラメル舌に小さくなる　八郎

この俳句にある思い出が、周三をそうさせたのである。少年は大人びた口調でこの辺の様子を説明した。ここの沢は鉄砲沢で、雨が降ると一っぺんに水が突っ走るとか、大川には車滝というのがあるから川の中をいった方がいい、ともいった。

周三が歩きかけたとき、声がしたので振りむくと七〜八歳の子が、

「オニーチャンがこれ」

といって鶏卵二個差し出すのであった。背を曲げた様、一見クル病とわかった。周三は、ザックをおろし、ふたたび菓子を出して、両手にあまる程のせてやった。

山手の道は、造林か炭焼き用らしいので、少年のいう通り、畠の中を通り、台地から急な崖

ぶちをジグザグで本流に下った。農家のすぐ近くの小さな橋をわたるとき、下を見ると五〇メートルもある両岸垂直に落ちこんでいる沢だった。これが鉄砲沢である。その出口は建築物のような見事な凝灰岩の門であった。

本流に出ると、深い溝のような谷であったが、好天つづきのせいか、水量は少なく岸は岩石が出ていた。周三は岩を飛びわたりながら上流へゆくと、凝灰岩の壁が、ゆく手をさえ切って淵になっているところへ出た。対岸へ丸太橋が架っている。それをわたり岸をゆくと、また崖と淵にゆきあたる。川のカーブしたところは、きまってこのようになっている。こんな地形の中をくりかえすうちに、丸太橋のないところにゆきあたった。崖の上のブッシュの急斜面を高巻きして上流へ出るには、かなりの時間と労力を費やすと思い、ここから渡渉することにした。

登山靴をぬいでザックに入れ、地下足袋とワラジを出した。ワラジを流れに入れてしめりを与え、岩で叩いて柔軟にする。片膝をたててワラジを履き、脛《すね》にゲートルを巻く。これは日本人いや、明治生れの周三らが最後の代というべき、履物から受けるきりりとした気分でなかろうか。ワラジは山の運動具店に売っているが、ゲートルはもうどこにもない。周三が軍隊から持ちかえったものである。

川水は、ほてっていた足を気持よく冷やした。岩の間を奔る流れの中の岩の頭を踏み、次の岩へ飛び移る。むこう岸へ出て、また川原をゆく。こうして、せいぜい深くとも股位の渡渉を繰りかえして、谷の中をぐんぐんすすんだ。

やがて、両岸が狭り、ゆく手に階段状に岩の重なったところに出た。その中の水勢はすさまじく、引きかえして、高巻きせねばと思ったが、よく見ると、水路に沿うて、一段高く水路と同様階段状につづくテラスのあるのがみとめられたので、そこを探ってみることにした。

階段状を登って上に出ると、淵をなしていたが、側壁の下部にずっとテラスがつづいていた。こうした廊下といわれるところの通過は陰鬱なものだが、白い凝灰岩の反射で明るくて気分がよかった。

もうそろそろこの廊下も尽きると思われたが、周三は朝から歩き通しで、足が冷えていた。神経痛が出ても困るし、ちょうど狭くなった曲り角のテラスの上に、大水のときに堰かれた流木がたくさん積み重っていたので、この特異な地形の中で一夜泊ってみたくなった。

周三はワラジとゲートルをとき、ズボンをぬいで水をしぼり、横あいから出た流木の枝に架けた。替えズボンを出してはいた。白く乾いた流木を集めて、広いテラスの上で焚火をした。乾いた流木はよく燃えた。こうして周三は、インスタントジュースと、携行食の軽い食事をした。腹を充たすと、一段上のテラスに軍隊テントのシーツを出してひろげ、その上にねそべった。

上流も下流も視界がふさがれていた。一枚岩の凝灰岩の六ッの壁が上へのびて、真青な六角の空を形づくっていた。その上部の半面を、もう暮れるであろう陽光が強く反射していた。その面積が次第に上へと狭ばまってゆくのを見ながら、周三はそのまま一と眠りした。

夜冷えに眼を覚ますと、あたりは真暗だった。焚火を大きくして何かあたたかいものを作ろうとした。焚火明りに照らし出される凝灰岩の廊下の壁は、ゴシックの大殿堂のようだった。焔にゆらぐものの影が、人物になり、大群集に絶叫するギリシャの雄弁家キケロのように、また、水爆に人類が死に絶えたビルの谷間に、周三独りが生き残って、はじめも終りもない生活をしているような幻覚にさそわれるのであった。

谷の夜で、こんな美しい場所は周三にとって今まで一度もなかった。山に来たよろこびをつくづくと思うのであった。

翌日未明に起きた周三は、疲れがとれ元気一杯でこの殿堂?をあとにした。いくつかの飛瀑を簡単に越すと、水量を二分する二股に出た。左股をとった。これからは、今までとは対照的に、石炭かと思った位黒い粘板岩の無気味な谷だった。水量がぐんと減り、歩きやすかった。

川はいく重にもカーブしていた。淵を抱いた岩の出尾根を廻りこむと、見上げるような大きな滝にぶつかった。周三は少年から聞いた車滝だと、一目でわかった。垂直に落ちた水が、大きな岩盤につきあたりバウンドして落ちる様が、廻る水車のように見えるのである。高さ二〇メートルはあろう。車滝の名は後志《しりべし》雷電の海岸にもあり、他にもあろうが、これ程見事な車滝は他にあるまいと思われた。

滝に見とれているうちに、ふと周三は「大川に車滝があるよ」といった少年の顔がうかんできた。いったい、少年がこんなところまで来たのだろうか。大人たちから聞いた話とは、あの少年の表情や口調からは思えなかった。

見事な滝は、また見事に周三の行手をさえぎった。危険を感じたが、滝の手前に張り出した樹木の多い急斜面にとりつくことにした。木の根元の曲ったところに乗っかり、またその上の木の根に移る。ザックが枝にからんで身動きのならぬこともあったが、一時間の苦闘ののち滝上の平地に出ることができた。

周三は、汗のシャツをしぼり、それをまた着てザックを担った。これからは広い川原がつづき調子が出たが、雲脚が早くなり、正午ころから、急にどしゃ降りとなった。みるみるうちに水嵩《かさ》が増し、濁流となってきたので、早い時刻だったが岸の高みに上り、大きな水松《おんこ》の下に、

台風下　1973年

ポンチョの屋根がけをして泊ることにした。

周三は濡れたシャツをぬぎ、タオルで上半身を摩擦して、じかにセーターを着て雨が止むのを待った。一時間程豪雨がつづいて小降りになったので、立枯れの木を集めて焚火をした。白い煙が雨の中を低く流れ、笹原を這いつつ尾根の方へ流れてゆく。

周三は焚火が好きだった。木を伐り薪を作る、焚木が燃える焔を見守る。その無心の気持がなんともいえない。それは単純に原始人の感情にふれるということなのか……

周三はながらく俳句をやった。臼田亜浪の「石楠」に属していた。今からいうと自然主義の作風だった。芭蕉のさびとか枯淡などという境地は、年寄りくさくてきらいだった。また孤独ということもいやだった。自然の誰もいないところの孤独なぞ、子供がお化けをおそれる孤独と変りない。お坊っちゃんの孤独だ。本当の孤独は人の社会にある。山は自由の場だ。

周三が山にくるのは、自然を鑑賞するので、孤独を味わいにくるのではない。はじめはいく分それもあったに違いないが、だんだんそれに抵抗感がでてきたのである。周三は美術に興味をもちはじめ、自然美よりも人工美の方にひかれた。俳句のすべてが自然鑑賞表現とはいいがたいが、所詮伝統のなせるしきたりはそこへゆく。それに結社という、盟主を中心にした封建的なシステムの社会が、何よりもきらいになった。三十年来の俳句をやめて、このごろひたすら絵画の方に心が動いている周三だった。

その周三が、焚火が好きだというのも矛盾でないかとは思う。沢筋はまだ手ごわいようだ。こんな小さな山なのに、日高山脈のそれに似て、今日で二日、山頂まであと二日はかかるだろう。はじめの周三の予想の倍の時間がかかるようだった。それにしても、帰りは二日で上の湯まで下れるだろうから、深い山でもない。

周三の過去の山で一番深く分け入ったのは、日高山脈のペテガリ岳だった。一つの川の源流をつめて峠に出て、反対側の川を下り、向い山からの川の合流を溯り、同じく峠を越えて、さらに川を下る。もう一度これを繰りかえして、三度目の川の源流にある支峰にとりつき、その上に二日間ビバークして、そこから山稜をわたってペテガリ岳の頂上に立った。

五日間かかった山中に、こうして焚火を前にしていたときの不安、それは孤独感といえばいえるが、もしものことがあったらという生命の危険の不安であった。それも、翌日になると、その不安は脳裡から消え去るように、烈しい登行がはじまる。岩と氷のような堅い雪渓、ナイフリッジの山稜に、緊張の連続と、それに対するファイトを燃やす登行があった。

あれからみれば、この度の登行なぞ楽なものだ。沢が終れば根曲笹のブッシュ漕ぎが少しある位で、平凡な山稜だろう。周三の過去の困難な山行からすれば、いわば気楽なものである。

ただ、今日の滝の側面の登行は、かなり周三にはこたえた。苦しいものに馴れていても、年齢の影響は明らかなようだ。早くきりあげた今日の行程を、焚火を前にして、周三は考えることもなく考えていた。

いつしか夕闇があたりをつつんできた。焚火に飯盒をかけ飯を炊き腹一杯食べ、シーツを胸に巻きつけて横になると、疲れが出て深い睡りにおちていった。眼が覚めたときには、雨があがり、濡れた熊笹の葉にきらきらと、朝日が反射していた。ピーピーと囀る小鳥の声もした。内地では冬の歳時記にあにある鵯《ひよどり》の声である。母から幼時教わった名の鳥であった。

燃え残りの焚木を割って火を作り、残った飯盒の飯に、水とバターとコンソメスープを三個入れた。朝、雑炊をたくさん食べて出ると、その日は馬力が大いに出る。周三の山行食の一つである。これからは、函や淵もなく、広い川原で、雨の上った朝の溯行は気分のよいものだった。

流木の多い川原があった。戦場の死者が白骨化したように散在する流木群、さらに、谷の狭くなったところに積み重なる流木をよじのぼると、天然のダムになっていた。満々と水をたたえ通過困難に当惑する。かつてディズニー映画で見た、ビーバーの作ったダムがあるが、眼前のそれはより規模が大きく、人っ気のない森林の青を映して、妖しいまでに静かであった。

激流騒音には無意識だったのに、その中からぬけ出たことによって、一瞬つんぼになったかと耳を疑う感覚であった。それに一昨日あれ程やかましく鳴いた蟬の声がない。蟬の恋が一せいに成就し、雄が死に至ったものであろうか？　昨日の豪雨に死滅したものか？　無気味な静けさに、しばしたたずんだ周三だったが、ふたたびわれにかえり、このダムの通過に心を傾けるのだった。

周三はダムサイドの急な斜面に、根元の曲った木から木へと移っていたが、なかなかはかどらない。そのうち岸に大きな丸い倒木がゆるゆると流れて来たので、これに馬乗りになって、岸の木の枝や笹を次々と曳きながら上《かみ》の浅くなるところまで進んだ。帰りのことを考えて、細引を出して倒木を岸の木に繋ぎ、また渡渉しつつ上流へとむかった。やがて、水量を二分する奥の二股に来た。

はじめて、谷の上流に、鍋岳のピラミッドが大きくはだかって見られた。標高僅か九二七メートル、この位置から地図上で高距五〇〇メートルなのに、周三には、倍の高さをもつ中部日高山脈の峰頭のように、高く大きく感じられるのも不思議でならなかった。このあたりの沢は、埼玉県長瀞《ながとろ》を写真でみるような、浸蝕されてなめらかな淵があった。また、赤い安山岩のブロックの積み重なった城壁のような淵があった。川の美しいことは、ヒスイが出る日高のベッピリガイや千呂露川におとらぬものがあった。

長瀞のような淵をわたり、二股をすぎると二段の幅広い滝にゆきあたった。これは草つきの斜面を簡単に登って下段に出られ、赤い岩盤のテラス、膝位の水を渡って対岸に出て、上段も手がかりのしっかりした岩をのぼって上に出ることができた。しかし、これから鍋岳の基部、東面の沢に入るにつれ流れは小さな滝の連続となり、そうして、ついに五〇メートルはあろう、見上げるほどの垂直の断崖にかかる滝にゆきあたった。滝壺は深く円く掘れて青々と渦を巻いていた。

周三はこういうとき、いつもファイトがわいた。ワラジをぬいで登山靴に履きかえて、手前の出尾根にとりついた。車滝のように急ではなかったが、親指程もある根曲笹が下向きに密生していて、分けてゆくのにいく度もはねかえされた。滝の高さと同じに登ったとき、さらにその奥に、より高い滝が暗い洞窟から落ちているのが見上げられたので、この尾根をためらうことなく、ただひたすら登りつづけようとした。滝よりもかなり高い位置まで登っても、まだ谷は深く対岸の岩が見えるだけであった。

全身汗に濡れたまま二つの突起を越えて三時間も登りつづけたとき、尾根の傾斜がゆるくなった。間もなく笹の茂みが切れて出たところは、一〇〇メートル位の土砂のガレの上であった。

ガレの下に流れがあった。この沢をはさんで鍋岳の全容が真向いに聳え、急な大きな斜面を深く落しているのを見た。周三は、このガレを慎重に下って、沢の中の僅かの平地があったのを幸いと、三日目の夜をむかえたのである。

噴火湾にそそぐ落部川と野田追川は、平行して鍋岳の長い長い尾根を挾んで流れる。そうして、鍋岳の裏側の渡島半島の分水嶺との間が二つの川の源頭になっている妙な地形である。四日目の周三のコースは、鍋岳を廻りこむように落部川の源流をつめたのであるが、一～二メートル、高くても五メートルとはない小さな滝の連続であった。水量が少なくなったので、その側を岩登りをして能率をあげることができた。休暇の半ばを使ってしまったので、今日中には引きかえさねばならないと、朝早く出発したので、源頭で水が涸れるところにつくころには、ふりかえる谷々は、霧が晴れてまぶしい朝の日がさしそめていた。周三は水場の最後で、朝の食事をとり、水筒を充した。

これから根曲笹の中に突入してゆくことになる。傾斜は滝を高巻きした尾根ほどないが、逆に笹の密生はひどかった。バネのように強靱《きょうじん》な茎を分けてゆくうちに、腕と肩の筋肉が痛くなった。高みへと周三はただひたすら登り、二時間程で、笹が切れた草地で見通しの利くところに出た。腰をおろし、汗をふきながら視野をさぐる。

深い谷を距てて正面にどっしりと大きくはだかる山容！　まぎれもない乙部岳の姿であった。いくたびも、周三が夢に描いた山容には及ばないが、地図で想像できるよりもはるかに立派であった。

プランにのせた山が実際に見て貧弱なとき、登頂を放棄することを仲間の者らはよくやるものだが、周三にはそうしたことは一度もなかった。むしろ、貧弱で登行が楽であっても、そんなところに時間をかける精神的な忍耐というものは、夢中で張り切っているときよりも負担があるものだ。周三は、この山には、空想をたくましくしたとは逆に、かなり割引きして、貧弱な山容を覚悟していたのだが、思いのほかよい山なので心は明るくなった。行く手をよく観察して、分水嶺の方へブッシュを漕いだ。野田追川へ低く落ちた稜線はかなり狭かった。そのため笹もまばらではかどった。

野田追川の方を見おろすと、この沢も深くはあったが、ルートとしてはこの方がよいように思われた。八雲から車を利用して野田追川の奥深くまで来られたなら、落部川よりは得のようだ。分水嶺のブッシュ漕ぎがなくなる。野田追川の源頭に出ないで枝沢を乙部岳への稜線に直接とりつけるからだ。沢の状態は不明だが四時間は短縮できるだろう。帰りはここにしようと周三はきめた。

乙部岳への稜線は、傾斜のない広い尾根で、大きな岳樺の中に二メートル以上もの笹が密生していた。ただがむしゃらに二時間もゆくと、尾根は狭く急になり、這松《はいまつ》もところどころ見えて歩行が楽になった。這松を伝って出たところは、小笹の生《は》えた平らであった。二〇メートルもゆくと、二角標の石があった。周三は頂上についたのである。朝出てから十一時間、家を出て五日目であった。午後三時をすぎていた。

周三は、小さな笹の自然のクッションに寝ころんだ。思えばながいこと心にあった頂上である。困難な山の頂上に感激したこと、吹雪の中に夢中で登ってすぐ下った頂上、雪のブロックを積んで二日も泊った頂上、大勢でお菓子をひろげて食べた頂上、いろいろの頂上のあった中、この頂上は特別感激もなく、何かもの足りぬ空虚感があった。それは、ながいあいだ心にしていた対象が、来てみて、案外平凡であったせいでもあろうか？　いや、それよりも、目的をおいて張切れる対象が、これでなくなったような心のゆるみといった方がよいかもしれない。

地図をひろげて、周囲の山を見ると、渡島半島中央部一〇〇〇メートル以下の山が幾重にも重なっている。一〇〇〇メートル以下の中にも小鉾岳や狗神岳など、なかなか立派な山も見られるが、ぼうとかすんでさだかでない。一〇〇〇メートルを越えるユーラップ山塊や南の大千軒岳方面は白い雲がまといはじめていた。西に傾いた太陽には暈《かさ》がかかり、上層雲がしだいに厚さを増してきたようだ。天候悪化の兆《きざし》であった。

乙部岳は、地図上では、南北に同じ一〇〇〇メートルを越える双峰となっている。ここから高距五〇メートル程の鞍部を距《へだ》ててみる南峰は、東面に断崖を落し、より高く立派に見える。名前があれば別だが、時間もなく、周三はいってみる気はなかったのだが、ふと、その南峰の西の裾に視線がいったとき、家らしきものがあるのに気づいた。眼をうたがったが、西日に反射しているトタン屋根に間違いなかった。あの辺に部落があるなら、何も苦労して、深い沢を渡渉し、ブッシュを分けてこなくてもよかった筈である。

とにかく、周三は思いがけぬことに、プランの変更に心が湧いた。とりあえず南峰までいってみねばならないと、急ぎその方へ下った。崖との縁りは清水川と姫川の源頭の鞍部で、両側の谷から寄せる風の通路になっている。そのためブッシュも低く、冬なら雪庇で難場になりそうな狭いところもあったが、楽に下った。南峰の登りも同様の状態で、早く部落をたしかめたいという心のはやりで、またたく間に頂上に達することができた。ここも西方がゆるい広い斜面が二〇〇メートルもつづいていたので、そこまでおりてみる必要があった。

おりながら周三は考えるのだった。「乙部」というアイヌの原名は、たしか「沼のある」という意でなかったか？　沼の反射の錯覚だったら、とんだ時間つぶしだ。そんな気持ちで、しだいに深くなるブッシュの中を走るように分けて進んだのである。傾斜が急に落ちる山の肩に露岩があった。それにかけ登って見おろした周三は思わず声をあげたほどである。

ここから高距三〇〇メートル、距離にして二km程の下に、熔岩台地状の地形に散在するのは、沼でなくてトタン屋根の建物に間違いなく、畠地らしいところも多く、道路も樹木の中に見られるのだった。しかし、戦後には、こうしたことはめずらしいことではなかった。思わぬところに地図にない部落がある。これは帰農者と呼ばれる大陸や樺太から引揚げた人の開拓部落なのである。周三はこれが最初でなかったから奇異には思わなかったが、五日間もかかって来たこと、たとえ美しい沢を見たにせよ、ばかばかしい気持がせぬでもなかった。

よく見ると、白い煙りのあがるのも見える。赤い花壇のようなのもある。狩場山にも賀老という部落があった。それよりは小さいが、幅一キロで下方へ二キロ位の広さはあるようだ。それを囲んで、道南特有のぶなの森林が深々と茂っていた。台地から下方、また、その周囲には森林に覆われた数条の尾根が延々として日本海の海岸までつづいていた。その先遥かに見える海岸線には、ところどころ、岬を廻って道らしきオレンジ色の筋が見とめられた。新聞で、乙部村に地すべりがあり、バスが海へたたきこまれた災害のあったことを周三は思い出し、この部落から海岸へ出れば、二日もあれば家に帰れると思った。

いくらかかっても、ブッシュを漕いで三時間で部落までおりられよう。今日は部落のどこかで泊めてもらい、明日はバスにのれると思うと、周三は気が楽になり、岩の上にザックをおき、携行食を食べ、ジュースの粉を水筒に入れて、それを空にした。前途の見通しがつき、腹を充たすと周三は、ついねむくなり、岩の上に西日をあびて、三十分程ねむった。

眼が覚めると、西日が、遠い日本海の一部をきらきらと照らしていたが、その上からこちらにつづく空は、ますます雲を厚くしていた。急いで、部落の近くにつづく沢をめざして、ブッシュの中をおりていった。斜面が凹地になり、流れが顔を出し、やがて、小さな滝の連続の沢となった。周三はかなり下って、上から見定めいた赤い露岩のところから、尾根筋へ登った。ブッシュをかき分けてゆくうちに、踏みあとらしいものにゆきあたり、それを辿ってぐんぐん下ることができた。

ゆくほどに、ぶなの大きな切株があった。鋸屑も真新しい。冬への備えの薪作りだろう。五日もひとりで山にいて最初に見る人の痕跡は、芭蕉の孤独をとやかくいう周三にも、やはり、たまらなく人なつこく感じるのであった。そこから車道になり、間もなく樹林をぬけて明るい畠作の平地に出られた。両側の畠地には、三メートル近いデントコーンが垣をなしていた。ここも、道南特有の酪農地帯なのか、二〇〇メートルもゆくと、道はぶなの林となり、これをぬけると、またデントコーンの垣の道だった。デントコーンの畠地とぶなの林の繰りかえしがいくつかつづく。

道は、くねくねと曲り、僅かながらの傾斜で下の方へつづいていた。見通しがなく、距離感が狂わされた。

周三がぶなの林にさしかかったときだった。うしろに人の気配がしてふりむいたが、人影はなかった。背すじに無気味なものが走った。切株をはじめ見たとき、人なつこい気持ちになりながら、人の気配が怖しいのはどうしたことか？　しばらく立停っていたが、デントコーンの葉騒えが聞こえるばかりである。二十分程歩いたたとき、かなり広い畠地に出て、頂上から見えたと思われるトタン屋根の建物があった。急な三角屋根、丸太を重ねたヒュッテ式の壁、自然石を積んだ煙筒のある建物であった。

すこし離れて、これも石を積んで造ったサイロがあった。煙筒もサイロも赤いペンキが塗られてあった。家の前には、花壇があった。赤、黄、紫、白と、色とりどりのダリヤとグラジオラスが咲き誇っていた。この花壇は、周三が立止まって見とれる程見事なものだった。殆んどが白の中に色をあしらったさまが、ステンドグラス風にさえ見えた。

建物は床が高く、丸太を組んだ段が玄関にあり、周三はそこをのぼって、戸のハンドルに手をかけ、「ごめんなさい」と呼んでみたが応えがない。戸は開かず、留守のようだった。横の方の窓には、色模様のカーテンがかけられていた。周三はさらに裏へ廻ってみたが人の気配はなく、サイロのある納屋も、戸が堅く閉されていた。耳を澄ましてみたが、人ばかりか、家畜の気配さえしない。葡萄棚があり、まだ未熟の房がさがっていた。裏口の戸も開かなかった。

道路を挾んだむかい側には、平屋作りの小さな建物が十戸程軒をならべていたので、周三はその方をうかがって見ることにした。だがそこも、窓にはカーテンがかかり、戸は錠をおろして留守のようだった。畠作にでも出かけているのだと思って、周三はここをあとにした。少しゆくと十字路があったので、左手の道をたどってみた。二〇〇メートル位で、林があり、それをぬけると前と同じデントコーンの垣で、それがすぎると、尾根筋の笹の急斜面で、ゆきどまりであった。

周三は早く家人に逢って一夜の泊りを求めねばと、疲れと空腹を感じながら、もとの道を引きかえして、十字路の反対の方向にもいってみることにした。ここも、つぎのデントコーンの畠地をすぎたところで、小川にぶつかって道は途絶えていた。やむなく十字路へもどり、そこにたたずんで周三はため息をした。おりてきた山の方向を見ると、上層雲の下に白い雲がベールのようにかかり、南の尾根筋の一点のみぼうと明るく、いま雲を通して夕日が入ろうとするかにみえた。

再び建物をたずねてみたが、まだ家人は帰っていなかった。だが、階段のわきから見るとはなしに窓べに目をやったとき、意外なものが周三の気をひいたのである。カーテンの裾がまくれて、その奥のものにかかっていた。さきほどみたときには、たしかにこんな筈はなかったのである。周三は、「ごめんなさい。こんにちは、おりませんか」と何回も大声でいってみたが、応答はなかった。カーテンの隅から奥をみると、ここは小さな室らしく、フラスコや試験管などのガラス器がおかれ、何かの実験室のようだった。

周三はもう一度、裏へ廻ったが、前と同じだった。よく見るとサイロが妙だった。サイロの恰好はしているが、入口のないただの石を積んだ塔のようなものであった。こうした家のかまえに、周三は、帰農者の家でないことはすぐにわかった。帰農者の部落は、掘立小屋の入口に莚を垂らした、粗末な、それは最低の生活者の住いだったし、酪農地の建物としては、どこか間のぬけたところがあった。第一、家畜の気配がないのと、用をなさぬサイロ。酪農地なら、家畜の匂いがぷんぷんとし、道やどこかに必ず糞を見かけるのに、その足跡さえも見ないのである。さらにあの花壇の整然としたのも何か、帰農部落のまずしさ、酪農地のある年期の入った落ちつきのようなものはどこにもなく、ここは、何かの実験モデル農場といった感じのもののだった。

あたりは夕闇が迫ってくるころなのに、家人のもどらぬのも不思議だった。そう思ってみると、あのカーテンのこととあわせ、この家には人がいるのではないか、と周三は思い、何か直感的にそう感じるものにゆきあたる。鬼気といったもののただようあたりの雰囲気だった。まだ、この台地には、周三が頂上から見た記憶では、下《しも》の方につづいている筈だったので、十字路を下った。いくつかのデントコーンの区切られた畠地をすぎると、左側の尾根がカーブしてきて、裾を流れる小川と、さっきみた右側の小川とが合流するところと思われる地点に出て、道はそこで終わっていた。

この部落から里へ通じる出口は、地形からして、このあたりであろうと思われたが、それらしき道はなかった。もう一つ、途中に交叉する十字路があったが、ようやく疲れが出てきた周三は、その方を探るのは明日にして、小川のほとりに泊ることにしたのである。木の枝と枝にポンチョの紐をむすびつけて、屋根がけをした。あたりは暗くなり、雨が一つぶ二たつぶポンチョに当たるのが聞こえてきた。

周三は枯枝を折って小さな火を作り、紅茶をわかした。明日里へ出ても一日遅れである。少し心細くもなり、食料も制限して食べることにした。焚火の枯枝を集めようと、付近を二〇メートル程いったときである。懐中電灯に照らし出された対岸の崖ぶちが白く、そこに、堰かれた溜りがあった。ぷんとくる温泉の匂い、手を入れてみると熱かった。木かげに小さな脱衣の屋根がけがあったので、周三はここに移って、温泉壺に入った。上ノ湯同様の道南特有の癖のない塩類泉である。量は多くはないが、崖から湧く、かなり高温の温泉だった。

川水が適度に導入されていた。人家の窮屈な泊りより、かえってよかったと周三はよろこんだ。ユーラップ山塊から南の山には、こうした無人の温泉が多い。周三は地図を見て、思わぬところに発見する温泉記号と、毛虫記号（岩の記号）には特別の魅力を感じた。それを探る山行も、しばしばしたものだ。しかし、この二つの記号の持つ特性は、およそ相反したものがある。温泉記号の現実は、安堵と憩いの場であり、毛虫記号のそれからは、緊張と闘志を湧かす。いえば、温泉からは、周三の年齢に相応したものが要求する場であろうが、岩からは、若さを蘇らせる強精剤的なものの感がある。

ここの利権所有者は誰れだろうか。たぶん道有林の筈だ。畠地は別としても、この温泉付近の土地を手にいれたら……周三はこの異境を世に紹介したいと思った。道林務部のYさんに相談したら、ニセコアン連峰のチセハウスのような山荘が作れるだろう。高度からみてあたりは雪が多い筈だから、春おそくまでスキーをたのしめる。日本海沿岸もやがて交通の便がよくなろう。ニセコアンヌプリや定山溪付近にあきたスキーヤーや岳人らをここに誘うのもよいところだ。

温泉に浸って、周三は自然と甘い空想に陥るのであった。温泉からあがった周三は、地図をひろげ、懐中電灯のもとでここの地形を探ってみた。このあたりは旧地図から新地図へうつるところで、温泉記号もなければ、第一この地形の台地さえも見当らなかった。周三は旧地図「上濁川」と、新しく発行された三色地図「相沼」をひろげていた。最近は航空写真で補正された三色刷り新地図が次々と発行されているが、上ノ湯から乙部岳一帯の「上濁川」の地図のみは古い一色刷りであった。古い戦前の地図には、部分的には違ったところがあり、周三も登行中にいく度かとまどった経験があった。

この付近も、その旧地図上の誤りでないだろうか、あり得ることである。それにしても接続する、新地図「相沼」でも、姫川というのが分水嶺から西に流れている。この川の源流は、あるいは、乙部岳南峰より南になっているのかもしれない。だから、姫川向いの尾根との間にこの台地があるのだろう。距離感などから考えても、周三にはそのように想像するよりほかはなかった。旧地図内にある、かくされた地形ということになる。

雨雲低く垂れたこの高原の夜は、もうすぐ雪がやってくると思わせる涼しさで、温泉で疲れが癒えた周三は、衣類やシーツを全部身体にまきつけポンチョをかぶって、心よく眠りについた。周三が雨だれの音に目を覚ますと、もう朝になっていた。霧雨が降っていた。高いぶなの梢に温泉げむりが雲のように上がっていた。

今日は山を下れるだろうか、一抹の不安があって、昨日から制限した食料を、携行食のいくらかと、粉末ミルクを沸かして朝食にした。今日は、まだ見定めていない下の十字路の両側を探ってみることにした。はじめに、ここの小川の上流と思われるところにいったが、前と同様でゆきづまり、反対側の尾根筋の道もやはり上のと同じだった。そうすれば、この台地からは出口がないことになる。

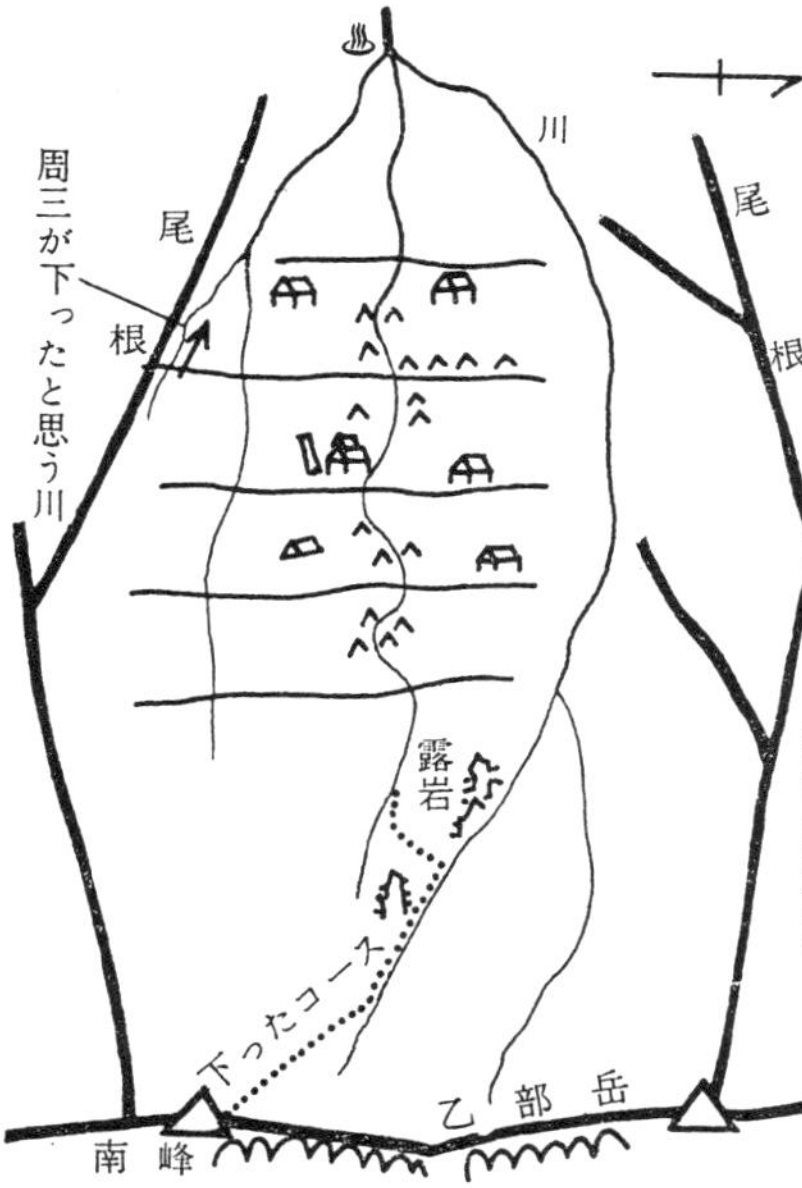

周三が乙部岳から見おろした部落の記憶図

周三が最初にこの台地に下ったときに出た踏み分け道が、里につづいているかもしれなかったのだが、そのことは、周三はあとあとまでも、思い出さなかった。下方とのみ思いこんでいたからでもあろう。周三は、尾根筋の笹の斜面を思いきって一〇〇メートル程分け登ってみた。恰好な樹を見つけてその枝をよじ登り、この台地をうかがってみることにした。

樹の皮の葉ごみの間から、周三が台地を見おろしたとき、意外な風景が目に入った。こんなしらじらしい風景は、周三はかつて見たことがなかった。見てならぬものを見てしまったような恐怖感におそわれたのである。

今来た道の両側のデントコーンの畠は、道に面したところだけで、中は真白な花で埋っていた。その中程に小さな家屋があった。よく見ると林で区切られた遠くの畠も同様、家屋があり、どの家も花壇がめぐらされていた。周三が寄った家のみ一段と大きく、ここを中心にした統制のとれた部落と認められた。頂上から鉱山のごとく見えたのは、この白い花のせいだろう?周三はケシの畠と直感したのである。満洲の阿片栽培の話を聞いて知っていた。

白い花のケシであること、監視がやかましい中の栽培、さらに密栽培も行われ、高粱畑の中に作られるということも聞かされたことがある。この隔離された畠でも、万一に通った人の目を防ぐためにデントコーンが植えられたのか?あるいは、国内航空の通路に当り、空の交通のはげしい昨今だ。空からの発見を防ぐ迷彩(カムフラージョ)の花壇の配色であろうかとも思われた。

周三はサイロのこと、家畜のいないこと、実験室のこと、人の気配はしたものの周三を避けたと見えること、等々すべてが、阿片密栽培にむすびつけてみれば解決されそうに思われたのである。この北海道の半島部の狭い地域に、こんなところがかくされていようとは、誰しも思わぬことであろう。

周三は当然、ここの人達が見えないところで警戒の看視をしていると思わねばならなかった。樹上にいるのを見られぬように、中央家屋の方をうかがうと、遠くて雨にけぶりさだかでないが、二階の窓が開いて、見張りをしているようにも感じられた。

山々は深い霧に閉ざされ、台地のケシ部落が白い雲のように模糊としていた。これ以上観察する何ものもなかった。周三は急ぎ樹をおり、道すじに注意深く、一応確かめねばと、デントコーンを分けて畠の中にしずかに侵入したのである。白い葉は、まさしくエメラルド色あざやかな葉をもったケシの花であった。周三は、そしらぬ顔であの人家を訪ねることも考えはしたが、オレンジ色のポンチョを着て樹に登った姿は遠くからもはっきりわかる。危険に陥るような気がして、できなかった。デントコーンの中に坐りこみ、霧雨に濡れながら今後の行動を考えるのだった。

周三が家を出てもう六日目になっていた。休暇は五日間である。場合によっては、三日くらい延伸することに、常々家にも職場にも通じていたので大丈夫だが、あと二日間で、何んとか帰らなければならない。だがその見通しは全くない。しかし、こうした不安をいく度か突破したことのある周三は、心に強く期するものがあった。たとえ、それより遅れたとしても、遭難騒ぎをされることはないだろう。大学へいってから登山をするようになった長男の浩も、周三の山での行動の慎重さは知っている筈だし、「山では絶対死んではならない」と常々聞かせてあったからである。落部川溯行の例からしても、川を下れば二日はかからぬと思った。

周三は、何か見えざる監視に、ある怖ろしさがあって、道から温泉のあるところにゆくことさえも避けた。この尾根ぎわの僅かな凹地に、源流と見られる流れがあった。これは下で合流すると思われたので、そこを下ることにした。

ブッシュが混んでひどかった。見通しはなく、モグラのように分けすすんだ。一時間もしたなら温泉のある二股につくと思われたのだが、流れがそこの水量よりも多くなったのに、二股には出なかった。それでも、周三はがむしゃらに下った。急流となり、石を飛びこえながら下るうちに、いくつもの合流をすぎた。たぶん温泉のある二股よりも下流に出たのだろうと思われた。

今日の周三の行動は慎重だった。地図を頼りにできぬ行動は、常にそれの足跡と時間の記録をしておかねばならぬ。その習慣が、周三にはあるのだが、昨日までの行動はなんとしたことであろうか。地図と磁石をあわせて方位を正確にしてコースの方向をさぐることに忠実な周三が、この山行では狂いがあった。頂上からトタン屋根の人家を見たときのショックにおされてか、それを怠った。ただここに下るコースの見定めだけだった。ここを部落と信じたのが誤りだった。部落があれば当然道が通じると思いこみ、下方の地形も漠然と見たにすぎなかった。

霧雨は大粒の雨となり、やがて、帽子を通して目にも入る程のどしゃ降りとなって来た。川の水量もみるみる増えて、対岸へ渡るときの水勢は腰まで逆巻いた。谷も深く渓谷状となり、小瀑がつづく。周三は、それでも臆せず、また慎重に行動した。下り技術は得意だったので、体力的にはそれ程消耗はなかった。

地図を出しても、皆目どこの位置かは不明だが、せめてあたりの地形だけでも観察したいと思う。だが、雲が深く垂れ、森林は深く、五〇メートル前後の川筋だけの視野だった。そのうち、ゆく手の川すじが急に見えなくなり、深い穴のようなところに出た。轟々と雨とともにあるのは、落下する滝の響きであった。周三は右側面の急斜面を樹につかまりながらさがって下方をうかがうと、五〇メートルはある垂直の滝だった。

川筋は滝の落下したところから深く掘れて、両岸断崖になって、廊下を形づくり、その中を雨のために増水して、満々と泡をたてて流れていた。さらに側面尾根の樹木とブッシュの中を下ってみたところ、この尾根を挾んで、右側からも同じように掘れた廊下の流れがあり、すぐ下流で合流していた。下流は、嚙みあった尾根の裾のみが見え、それを曲折して廊下状の流れが、どこまでもつづいていた。

こうして、周三はここで前進をはばまれたのである。テレビや写真でみた北アルプス黒部渓谷のごとく、また、周三が過去に経験した日高山脈ヤオロマップの渓谷にも劣らぬ悪い沢であった。こんな筈はない、と周三は思った。いかに深い山だとて、道南のことではないか、しかも半島部の狭いところの地域である。霧や吹雪のいたずらで、事物が誇張されて見えることもある。雨でけぶる渓谷も、それではないかと、目に入る雨を拭いながらしかと見極めたが、そうではなかった。本流を落ちる水量からしても、このスケールは錯覚ではないと思った。

周三は、やむをえず計画変更をさせられた。三時間の下りだった。登りはつらいが、一度歩いたところは早い。同じ位の時間で引きかえしできるだろうと思った。周三は覚悟をきめて、危険ではあるが人家を訪ねようかと思った。まさか殺人まではせぬだろうと思うと、今までの恐怖心が何かの思いすごしのようにさえ感じるのだった。

このとき周三は、頂上から下ったときに見い出した踏み分け道のことに気がついたのである。下方とのみ思ったが、たぶんあれが里へ連絡する歩道のような気がした。だから、そこにいってみるべきだと思った。周三は、こうきめると、ためらいもなく黙々と川を溯った。腰までの流れをわたり、落ちる滝を胸に受けて急いだ。記憶のある滝や合流をいくつかすぎた。そのうちに、記憶のない滑《なめ》状のところに出て立ち止まった。

こんな筈はない。すぐ下《しも》の合流を間違えたのか、下りは足にまかせても本流を違えないが、溯行は合流点で余程気をつけねばならぬものだ。合流点には、何か目印をする周三だったが、慎重な中にも、このとき、引きかえす要がないと思い込んで、また、失敗があった。不用意というか、あせりがあったものか、目印しはつけなかったのである。

「落ちつかねば」と、周三は心にいい聞かせ、下流へむかった。描きとめた略図から推して、はじめての合流で間違えたのだろうと思い、合流点から一方の流れを溯った。しかし、そこには滝がなく、見覚えのない沢だった。何かに化かされているようだった。こうして、その下流の合流から一方の流れを溯行したのだが、ここも見覚えのない、また登るには至難な滝にゆく手をはばまれたのである。

周三は頭が暗くなるような気がした。最後の滝まであと一つより合流がなかったので、そこまで下り、その反対側の沢にも入ってみたのだが、すぐにこの沢も違っていることがわかった。見覚えのない黒い汚れた断崖が押しせまり、空はぶなの枝にふさがれて陰惨な沢であった。やはり滑《なめ》状のあの沢であったろうか？　夢中で、知らずに下ったものと思われる。それ以下の途中にはたしかに見覚えのある滝や倒木や岩があったからだ。こうして周三は午後になるまで時間と労力を空費したのである。

今日は、これまでか、できればあの温泉までいって泊りたい。そうしてあと二日で里へ出て、電話か電報で家に連絡しよう。いかに混み入った地形でも、距離的に海岸までは、この時間内に出られよう。こう考えて、雨に冷え切った身体に、あのあたたかい温泉の感触を思い、当面唯一ののぞみをかけ、勇気を出して溯行にかかったのである。こうした繰りかえしを余儀なくさせられる忍耐というものは、目的のコースがはっきりしている、どんな悪場のコースよりも辛いものである。かつて、困難苦痛をいく度となく経験した周三にも、今日の繰りかえしは、一層こたえるものがあった。

滑状の沢に入ってからも注意深く溯ったのだが、見覚えはさらになかった。この沢より他に考えられぬので、周三はあきらめずに、横から出た樹の枝に肩をはねられたり、石を踏みはずしてつんのめりつつ、ざぶざぶと川を漕ぎすすんだ。ワラジが切れて地下足袋だけで滑りがちであった。また濡らして足を冷やすと、きまって神経痛が出るようになった周三だが、このときは忘れてもいたし、出もしなかった。この忍耐の中で周三は、どんな苦しいことも、時間というものが解決してくれると思った。若いころ読んだ誰かの文章に「すべてのものはすぎてゆく、すぎてゆく洪水だ、すぎてゆく嵐だ、いかに断末魔の叫びであろうとも、過ぎてゆく……」。こんな文章の一端が脳裡をかすめるのだった。

果たして、この山行も時間が解決してくれるだろうか、生へ、そう、人の住む社会へ帰してくれるだろうか、一抹の不安が周三の脳裡を去来するのだった。ここで、周三はまた芭蕉の孤独を考える。芭蕉の行脚には、こういった不安があったろうか、これ程の困難に遭遇したろうか？　あったとしても、これを孤独といえるだろうか？　周三は、孤独と考える前に、プランが崩れた腹立たしさがあった。そうしてプランをねりなおして、これを突破しようという闘志を湧かす、孤独などということは、死に近づく、弱者敗者の感情だと思うのである。

水量が少なく小沢となってきて、時間も見込みよりずっと経過しているのに、あの温泉らしいところには出なかった。いや、このとき周三は温泉の川を下ったのでなく、そこに出ると思っていたことに気づいたのである。あのケシ部落の枝沢から下って温泉に出なかったことを思い出したのである。周三はいったんこうときめたら、他に目をむけ、考えを及ぼすことにいたらなかったという、頑固さともいえる習性があった。迂闊《うかつ》なことだと思った。温泉にも、またケシ部落へももどるということは、今までの沢の状態から考えられぬし、それを想定しての今後の行動計画は捨て去らねばならぬと思いなおした。そうして、当面の目標が遠のいたことにより、周三は張りつめた気が一瞬ゆるんで、そこにうずくまってしまった。ひと休みしよう。朝から一度も休んではいなかった。ただ歩き通しだった。出発して十時間以上はたっているのである。

あと数時間で、また夜になろう。森林の中と悪天でもう暗くなりかけていた沢の中を、周三は適当の露営地点を求めつつ歩いていた。そのうち、流れのカーブする岸に、枯木の寄った小さなテラスがあったので、そこにポンチョを屋根架にしてうずくまったのである。

たたきつけるような雨は、小降りになり、そうかと思うと、またひどくなり、こうして夜が近づいてきたのだった。ビニールでくるんだ乾パンを出して、周三はもそもそと食べ、足もとの水をコップですくってのみ、雨の晴れるのを待った。

夏でも、山行には毛の下着を用いた周三の周到さは、こんなときに効果があった。濡れたままでいて、そう寒くはなかった。疲れがひどく、腕を組んだまま眠りに落ちた。一時間ほどで夜冷えに目を覚ますと、雨はあがっていた。

周三はテラスに寄った枯木を集めて焚火をした。焚火は彼の得意であったが、このひどい雨で木が濡れ切って、なかなか燃えなかった。しかし、火種ができて焚火がある大きさになるとどんな濡れ木でも、生木《なまき》でもよく燃えるものだ。焚火が大きくなり、濡れたズボンや上着から、もうもうと湯気があがって乾いていった。周三は、その快さに、また睡くなり、今度は横になった。目が覚めたときは、すでに夜が明けていた。

寝すぎたと思って時計を見ると、まだ五時前であった。起きあがって背のびをする。熟睡のため疲れはとれていた。今日中にはどうしても下山する目安をつけねばならぬと思い、登りやすい樹を見つけて付近を見たが、混んだ樹木の中の川筋のみ見られるだけであった。その空間に雲が捲いて上昇していた。天候はよくなるらしい。

上流右手の高みに、雲間からきわだった岩稜が垂れているのがみとめられた。森林の中ではよい展望台と、周三は直感した。とにかく地形をよく観察して行動せねばならぬので、そこに登ってみることにした。急ぎ乾パンを出して朝食にする。川の水はかなり減っていたので、登山靴を履いた。川の中の石を飛びわたりつつ、とりつきやすいところを探った。小さな枝沢があったので、そこに入る。丈なすよぶすまそう、やおにしもずけが茂る中をかき分けてゆくうちに、岩稜が見上げられる尾根の側面にゆき当った。

苔のついた滑りがちの急斜面を一〇〇メートルも登ると、稜線上に出たが、一帯は笹が密生し、見通しが利かなかった。上方は恐竜の背のように階段状に岩が上へ上へと重なっていた。一見、登りやすいと周三は思い、ザックをおき、地図をポケットに入れ、岩塊を一つ一つ攀じ登っていった。

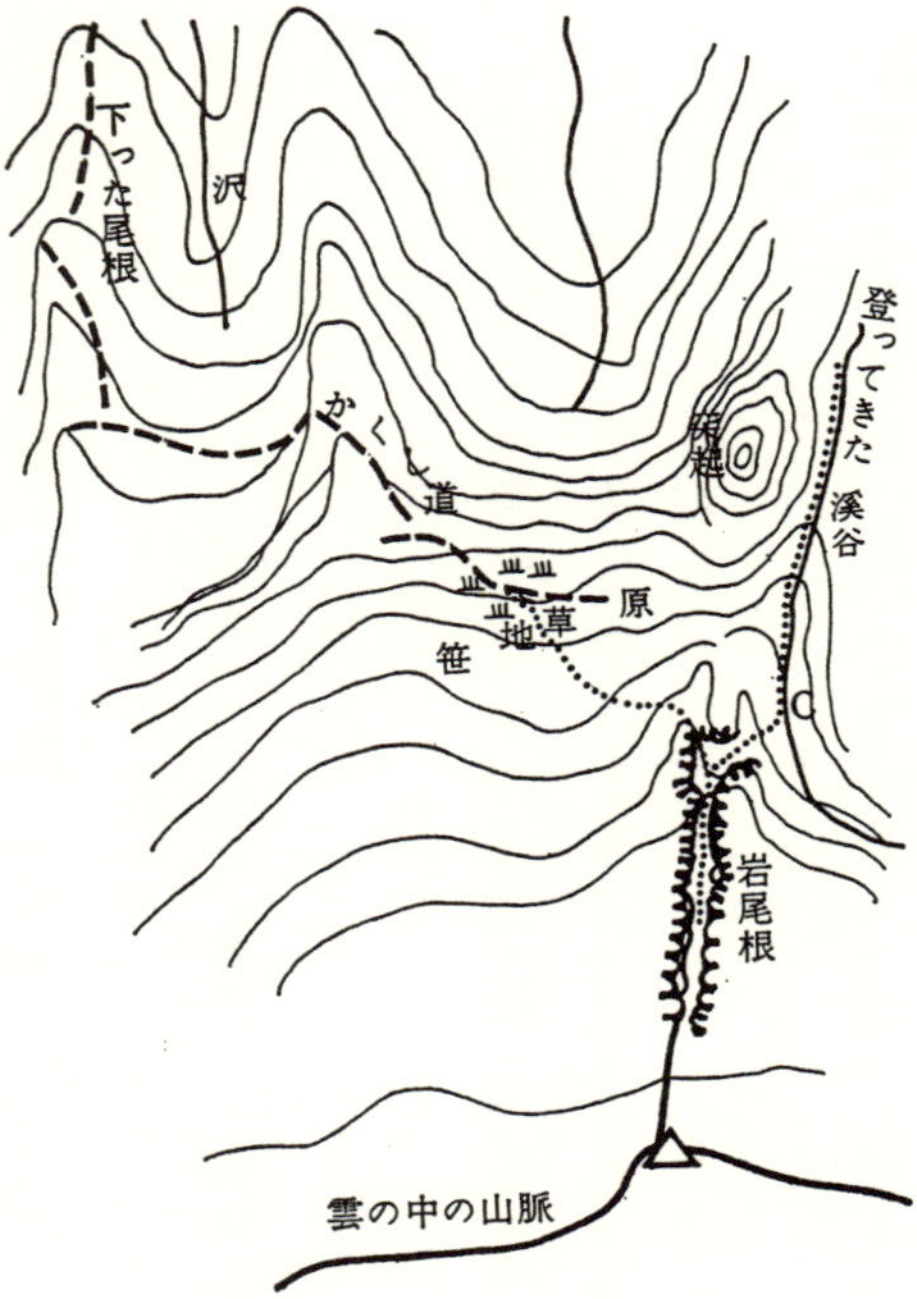

疲れがとれていると周三は思ったのだが、行動すると背中の中がけだるく脂汗が出た。ときどき動きを止めては重い息を吐いた。ようやく岩稜頂点に達し、周囲の地形をつぶさに観察する。上部は一〇〇メートル位下って鞍部をつくり、さらにその上へ尾根が高まっていた。いままでの行動を綜合してみると、このあたりに乙部岳がある筈なのだが、上部は雲にかくれて見えなかった。

遙か下方は、まだ雲霧にかすんでいたが、かなりの範囲が視野に入った。登ってきた沢は、いまいる岩稜の横から、急カーブして隣りの尾根のふところ深く入りこんでいる。下流は一km位下で合流があり、さらに、その下にものびた尾根が見られた。その下流あたりが滑《なめ》のあった付近と思われる。この谷を挟んで右の方は深い森林におおわれていたが、左の方は樹木のない笹の広い尾根だった。周三のいる岩尾根は、この広い尾根の谷沿いにあった。

この笹の広尾根付近が、ケシ部落なら、うしろの山は乙部岳にあたるのだが……周三は地図を出し、どこをどう通ってきたのか調べたが現位置はつかめなかった。この見おろす尾根のずっと下《しも》には右手に隆起した嶮しい狭い山があった。上部はまだ雲におおわれていた。あの滑《なめ》の下《しも》の合流は、この山の下方にあたるので、あるいはケシ部落はその先きになるものとも思われた。昨日の、登りについてからの略図と、現に見える地形は一致しているのだが、五万分の一地図のどこを探してみても、今視野にある地形は見い出せなかった。

周三はこれからの行動を考えてみた。右はすべて、昨日の嶮しい流域につながっているものと思われたので、左の広尾根から、その右の突起の山との間にある沢にでも下ればよいと思った。

乙部岳を下るとき不用意だった周三は、手帳を出して見とり図をくわしく描きとめたのである。あるいは下ろうとする沢あたりにケシ部落があるだろうが、見える限りの視野では、合点がゆかぬし、それに拘泥《こうでい》していては、なんの解決にもならない。現時点で、最善の策をたてて行動せねばならぬ。時間はかけても落ちついて、ここで綿密にプランを練る要がある。これ以上過失はゆるされないと思った。

岩稜を下って、ザックをひらいて食料をしらべた。非常食の袋に、もう五年も前に買ったヒットビーが二個あった。黍《きび》団子を圧縮したような高カロリーの登山専門に作られている食品である。周三には、これ一個で一日歩き通したことがあった。あと乾パン一袋と、カルパス半本、粉末ジュースとレーズンが少々あった。二日間の食料にしては、満足ではないが行動できるものである。朝食夜食と割りあてをして、余分を食べて元気をつけた周三は、この緩傾斜の広尾根の笹原に踏みこんだのである。途中草地と見られる色変りの所をめざして、そこから左寄りにゆき、海岸へつづく尾根にゆきあたる。その辺で、樹に登って、下《しも》の沢をうかがうことにしよう。

見通しの利かない背丈けを越える根曲笹だったが、下りとなると楽である。ときどき磁石を出しては方向を誤らぬように注意しつつ進んだ。一時間ほどで彼が見定めた僅かな草地に出ることができた。ここで一息した周三は、何気なく足もとを見てぎくりとした。たしかに人の通った跡がある。よく見ると、左右に草が寝た踏みあとらしきものがある。その方向の根曲笹も、かぶってはいるが道のようだった。

周三は、道のあることに幾分救われたようにも思ったが、まだ安心は禁物だと、警戒心から、不用意に踏みこもうとはしなかった。左右五〇メートル位を探って見たが、まさしく道に違いなかった。右は、今来た岩尾根から一〇〇メートル位下をめざしてのゆるい登りだった。左は、周三が目標に定めた先きの尾根の方向だった。周三は躊躇《ちゅうちょ》することなく左方の道をとった。しかし、妙なことに五〇〇メートル位ゆくと道は消えてしまったのである。一瞬期待感が霧消して落胆したのだが、周三に過去の記憶を蘇《よみがえ》らせた。

山窩《さんか》の道というのがある。それと似たものに、榊採《さかき》りの道というのを周三が歩いたことがあった。北海道で学名犬樿《いぬつげ》を榊代りに使用しているのだが、これは一〇〇〇メートル以上の高山でなければ、良いものがない。小樽近郊の余市岳一四八八メートルに、この榊採りの隠し道があった。登山路のない山で、川を溯行して登頂に三日もかかる山だった。周三はこの榊採りの仲間の一人を知っていた。焼酎二本で、その者に従って、一日で楽に往復したことがある。

いま周三はそれを思い出し、これもあのケシの密栽培部落へのかくし道だと思った。途切れていても、その周囲五〇メートル位の間に必ず次の道がある。仲間にのみわかる何かの目印がある筈だ。

ここで迷ってはと、周三は、いつも用意している赤テープを笹につけて行動した。しかし、数メートルもゆかぬうちに、道標らしきもののあるのに気づいたのである。白樺の小木に真新しい柾板を打ち、矢印がついていた。マジックのあとがにじんで、書いて日数のたたぬもののようだった。周三は、ここでも、人のなせる痕跡《こんせき》にあって、近くに人の気配があるごとく直感して、背すじを走るものがあった。それにしても、隠し道に、道標があるのも不思議だった。周三を導くかげの行為なのか、そう受けとるには、いままで、さんざんな目にあわせて……周三は道標をへし折ってしまいたい気持ちにさえなった。

一応その方向に、うしろを振りかえりつつ、五〇メートルも笹を漕いでゆくと、こんどは、かなり整備された歩道にゆきあたったのである。ここでも周三は周到に左右の道をうかがってから行動した。一キロ程で、見定めた尾根筋の樹の多い地点に近づいたのである。予定の第一歩が難なくいった安心感に、周三はそこで小休止をとった。ヒットビーの一とかけらを食べ、水をのんだ。からだの疲れよりも、頭の疲れが出て、急に睡魔におそわれたのだが、いや、まだまだ油断をしてはと、立ちあがって急いだ。

また道の消えたところがあり、ここにも道標があり次の道に難なく出られたのであるが、五〇〇メートルも歩いてから、周三は、さきほど休んだところに地図のケースを忘れてきたことに気がついたのだった。周三は、大切な地図を忘れるような迂闊《うかつ》さが性質のどこかにあった。はじめての、困難なむずかしい山行に地図を忘れていったり、途中で落としたりしたことがある。だが、それに気づいて当惑したあと少しも差しつかえないほど地図が脳裡にきざみこまれていたので、安心して行動し得たのだった。

ここでは用を為さない地図ではあるが、それだけに、いつ、どこで、必要性がでてくるかもしれないと思うし、大体地形と行動に安心感がでたこともあって、引きかえしてみたのである。だが地図がなく、また不思議とおもうのは、道標も見当らず、周三のつけた赤テープさえもなくなっているではないか。ブッシュの中では少しの位置の違いにも、見分けにくいものであるが、それにしてもあまりにも、見当たらぬものの材料が多すぎる。周三は少しく、詮索の感情がおきて十分程あたりを歩き廻ったのだが、依然として、それらのものは見当たらなかった。

道はまた消えたがその先きに涸沢があり、対岸をたんねんに見てゆくと、五〇メートルも上《かみ》にかすかに草の踏みあとがあり、それを辿るとすぐ道に出られた。それから樹木の多い尾根となったので、周三は、高い木に登って観察することにしたのである。下ってきた上部を見ると、さきほど道標のあった地点は、左右のゆるい沢頭にあたり、迷いやすい地形のようだった。やはり、道標は周三を導くためにたてられたもののように思われる。これ以上迷わして、遭難ともなれば捜索隊が出る。それでは部落が発見される。そんな臆測とも空想ともされるものがあった。

下方を見ると、崖尾根で観察した通り尾根はゆるく長くのびていたし、両側の谷は深いとは思われぬが、やはり、道がなくなるまで、この尾根筋を下ることにした。尾根は低木帯から大きなぶなの樹林帯となっていった。下るうちにも、道は、水場を求めて谷におろして、かくし道になった個所も二、三あったが、木登りして地形を観察し、楽なコースと思う方向へゆくと、きまって道があった。いずれにしても過去の経験深い周三だから通過できたのだろう。

こうして周三はぐんぐん尾根を下った。長い長い変化のない尾根だった。熊笹をざわざわと漕いでゆく同じ感触、近づいては遠のくぶなの幹、同じところを同じ動作で繰りかえす、走馬灯のような行動だった。違っているものは、時計の針と、太陽の僅かな位置の変化だけだった。それにしても長い尾根だった。

周三はふたたび繰りかえしのことを思う。家にあり、勤め先にある生活程、繰りかえしの長いものはないのに、なぜ苦痛が伴なわないのか？　この山の繰りかえしなぞ、長いといってもしれたものである。周三の過去の山行に、一日中雲の中の雪尾根を登りつづけたことがあった。

それから見れば今日の下りなぞ、天気はよいし楽な方なのだが……何か心せくものがあるのは、やはり里に出る目標がさだかでないせいであろう。

さて、この尾根も三時間程にして、太陽が西に傾いたころ、谷間《あい》に日本海の水平線がまざまざと望まれたのである。周三はこのとき、しんから生きかえった心地がして、気がはればれとなった。間もなく尾根が直角に左へカーブするところに来て、道は消えていた。木に登ってみると、前方は岩のある狭い尾根、左には一キロ先で一〇〇メートル位高いコブ山となっていた。右の沢を距《へだ》てた尾根は、ここより高くて見通しはきかないが、急に低くなっているように思われた。

周三は、沢を一時間も下ると里に出られると直感して、右の沢をめがけて下った。ブッシュを漕いで、小沢を下ると広い川原に出た。向い尾根との間を川は大きくカーブしていた。これを出ると、磯の香りがしたようだった。川のカーブで二つの尾根が視野を防いでいたが、右の尾根がゆるくなり、畠らしいのが見えてきたので、周三は気がせいた。靴のままざぶざぶと川を漕いで渡り、息せききって、向い尾根に駈け登った。そうして、ついに海岸段丘の畠地から一望する日本海に接したのである。

畠の中の道から段丘を下ると車道に出られた。出たところは、どこかわからなかったが、いま下った川に架ったコンクリートの橋までいって休みをとった。ザックをおろし、靴をぬいで、靴下をしぼった。汗を拭って非常食をむさぼり食って、ジュースの一袋を水に融いてのんだ。もう時間も食料も心配する必要はなくなった。周三に必要なのは金のみである。小物入れの行李から財布を出して、ワイシャツのポケットに入れた。

三十分ほどして、函館行のバスが来たので、手をあげて乗せてもらった。ズボンは割けて泥ンこになっていたので、ポンチョを出して椅子に敷いてかけた。西日を受けた車内はむし暑く、急に睡魔におそわれた周三は、そのまま夢のない眠りに陥ってしまった。

まだ周三には眠られぬ用が一つあった。その頭の働きが、バスの震動とふれ合って目を覚まさした。バスは山あいの畠地らしいところを走っていた。「鶉《うずら》」というところで停車したので、周三は車掌にたずね、次のバスまでの一時間を、ここに下車し、郵便局から、家と勤め先きに電報を打った。周三はバスの待合所で、真黒な手打そばを、たてつづけに三杯食べ、牛乳を二本のんで、空腹を充たした。落ちつくと、自分ながらおどろくほどの身だしなみであった。ワイシャツもズボンも手も足も泥だらけ、ひげののびも目にちらつくほどだった。待合売場の彩とりどりの商品がまぶしいほど美しかった。

いつもの周三は里におりたとき、剃刀を出しひげをそるのだが、疲労はその余裕を与えず、そのまま次のバスに乗り、函館までねむりこけた。そうして、その日の終列車で小樽へ帰ったのである。予定より二日遅れ、非常の事態の予定を一日残して、困難な、そうして奇怪な山行は終わったのである。

周三は、帰る早々えたいの知れぬ熱がつづいて入院した。精密検査をしたのだが、原因不明であった。抗生物質で熱は下《さが》ったが、血沈が百以上のまま十日もつづいていた。医師からは、心臓が強いので、他の臓器に無理をかけ、バランスを失った症状だともいわれた。

周三が山登りをはじめて四十年の間に、約百五十にわたる北海道内の小さな頂を踏んだが、この経験の中で、地図が違っていたことは幾度かあった。しかし、それがもとで現在位置がつかめずに迷ったということは、ただの一度もない。この百五十最後の山、乙部岳のみがどうしたことか？　帰ってからも、いく度となく五万分の一地図を出して調べたのだが、頂上から後半に行動した地形はどこにも見当らなかった。

手帳にしるした略図や記録によって、距離を計算してみると、頂上から海岸までの直線距離でも、地図上の倍にも価するものだった。記憶にあるあのケシ部落の台地は勿論のこと、あの急峻な尾根の嚙みあった深い渓谷、岩尾根、笹原の広尾根と、海岸までつづいた長い尾根、この尾根とて、下りなのだから、早くから海が見える筈なのに、近くになるまで見えなかったのも不思議である。これらの地形はその一部分があっても、他とは何一つ接続しなかった。あの深い渓谷は、狭い道南、渡島半島には、規模の上からもある筈がない。日高山脈、ヤオロマップの渓谷、映画で見た黒部渓谷のイメージと重ったものとさえなっている。

行動体験のほかは、何かの幻覚ととるよりほかなかった。さらに周三の迂闊だったのは、国道に出た安堵感《あんど》から、その出た地点さえも確めていなかったことである。バスに乗った地名くらいは車掌に聞いておけばよかったのだが、「鶉」に至るまで周三は睡りつづけていた。どれ程たっていたか、橋にいたときの太陽の高さから二時間くらいたっていたように思われる。それから推定すると、相沼内の南の花磯か栄浜あたりだろうと思われたが、そこには、むろん合致する地形なぞありようがなかった。さらに五万分の一地図「上濁川」の中で、不思議なのが頂上である。一〇〇〇メートルの等高線の輪の中に、もう一つ二〇メートルの線が入っているのに、標高は一〇一六・六と示されている。周三ばかりでなく、地図を作った人をも、何か狂わせる魔性のようなものが、この山には潜んでいるのではあるまいか?

周三の過去の山の、登行したという現実は、それまでのプランのときのイメージと重なって、修正されるものは修正して、確実に消化された経験となり、記録化される。周三は、どんな辛い山行でも、寝袋にもぐってから、寒さで手がかじかんでいても、懐中電灯の灯の輪の中で日記を書いた。そのために、二度とその山に登る意欲をなきものにする程だった。だが、この、乙部岳はいまもってプランの中に想像したり、また夢の中の誇張されたイメージまでが、現実に登った記憶と相錯綜して、事実とは別のものにしているように思われるのである。

周三は、山行には必ずカメラを携行した。暗箱のピントグラスのついたカメラの時代から、数限りなく撮った写真がある。ただ記録的にとりまくっただけで、このアルバムを見る者は、どれを見ても同じような山頂と山稜のもので、山好きな者とて、うんざりして途中でやめてしまう程のものであった。

この乙部岳にも35ミリのカメラを携行した。カラーフィルムを五本とってきたのだが、それは山頂に達するまでであって、あとは日記を書かなかったのと同様にカメラを出すのを忘れていたもののようである。山頂までの写真も、記録的には、車滝と、二〜三の淵のほかは、殆んどが岩の肌や、水のしわ、流木の重なりなど、抽象絵画のそれと等しく、いつもの山のスカイラインは一つも写っていないのである。

落部川の岩や石、これを奔る水が美しかった。ゴシック建築のような廊下、赤い岩石の結晶のような淵、石炭のように黒い滑、白い丸い石の重なりをくだける飛沫、軟石をうがって井戸のように円く掘れた滝壺、これらの印象は数限りなくある。この全体でなくて、部分が納められている。周三は、乙部岳に登る四~五年前から、美術に興味をもち、オブジェなどの制作をしていた。その影響でもあったろうか。カメラの対象は、山の記録よりも美的にとらえていたようである。

乙部岳から帰って間もなく、周三は、ある出版社の求めで、北海道の山のガイドブックを執筆した。道内の山は殆んど周三の登った山で、まとめるのにさして困難はなかった。登らぬいくつかの山もあったが、他人の記録と写真を常に見ていて、手にとるようにイメージにうかぶ程で、登ったと変りない正確さで書くことができた。多くのスケッチが挿入され、記録もたんねんにしるされた。

だのにこの乙部岳のみは、のせることをためらった。たとえ書いても登る人はいないであろうし、それよりも、周三には、何か人に知られたくない、登られることをおそれる何かが心を支配して、とうとう除外してしまった。それに悔はなかった。世界地図にあるかなしの北海道という島、その中の小さな山より知らぬ周三にとって、こんな山があることだけでも有難いと思わずにはいられなかった。

周三は、同じ山に二度以上登ることは、特殊な目的のほかはなかったが、この乙部岳の登行で、考えさせられるところがあった。登った多くの山にも、まだそれぞれに未知はある。中には天候が悪く、ただ頂を踏んだだけで満足した山もかなりあった。

周三の山の仲間に、ある小さな山に、一万日を目標に、毎日毎日登りつづけている者がいる。くだらぬことだと、それをばかにしていた周三だが、その方こそ尊いものがあるようにさえ思われる。次から次へと、風来坊のように登った周三の登山のあり方が、誤っていたのだろうか？　この山で思い知らされたようにも感じられるのであった。

この周三にとって、乙部岳ほど再度の登行慾をさそった山はない。だが、いろいろの事情で六年はすぎた。年齢的にも、単独行の自信はなかった。北海道のどの山をとってもそれが普通の山なら、まだまだひとりで登れない山はない筈だ。それだけの体力をのこし、体力を補う経験技術もある筈なのだが、この山は別だった。最後に残された乙部岳に、地図を狂わせる魔性があるような気がした。人に知られない地域をもっている。二度とこの地にゆくには、何か不安以上の危険を感じていた。不安危険は、未知を探るにはつきものであり、それが強ければ強いほど探る魅力の対象となるものだ。

こうして周三は、長男浩を無理にでも連れてゆこうとした。浩は中学生のとき一度、高校生のとき二度、父周三につれられて、近くの山にスキーツアーしただけであったが、H大学に入ってから、山岳部に入り本格的な登山技術を身につけたのである。周三が晩年にようやくゆけるようになった日高山脈をはじめに登った。周三が終りころに当る最高の山は、浩にはスタートの山だったのである。浩の年代の者の最高の目標は、ヒマラヤやアンデスであり、アルプスの困難な岩壁である。これも周三のあこがれたころの日高山脈よりも、身近で実現可能性は確かである。浩は学部三年のときネパールヒマラヤ遠征隊のメンバーに加わった。いまは卒業して、札幌の官庁の技官である。この浩にとって乙部岳なぞ、とるに足らぬ山といえるが、父周三の話には、いつもと違ったものを感じていた。また、小さな山だからとて、なんの魅力がないというわけのものでもなかった。小さいながら、父の話のかもし出す、何らかのよさがこの山にあることにもひかれた。

周三のいままでの山の話の中で、これ程誇張されているものはなかった。それだけに、何か一抹の不安をさそうものもあったのである。休暇を利用して日高へ行く予定の仲間が、急用でゆけなくなったので、浩は急に父の再度の乙部岳登行の希望をかなえてやろうという気になった。

久しぶりに、息子と山にゆけることになった周三は、年甲斐もなくはしゃいだ。あれこれと豪勢な食料を買いこみ、いつも重量を気にして、一々量《はかり》にかける周三らしくもなかった。

「親父さんらしくない。いくらボクが背おうからって」
浩はこういって、購入食料は三分の一位に制限した。
浩の地図上のコースは、一見して日本海側の乙部村の姫川からするものだった。地図を見れば、山を知る者なら、直ちにそう思うであろう。もっとも周三のときには、バス路線の接続がわるかったことにもよるが……姫川上流まで部落があり、沢コースをとって、ここから一日往復も可能である。だが、浩は、周三のとった下二股川のコースによることにした。周三の行動記録を確かめること、いや周三に確かめさせ、この山行に満足感を与えてやりたかった。

こうして、周三、浩父子が落部駅に下車したのは、前と同じ七月も終りの雨あがりのさわやかな朝であった。周三がはじめて来たときと同じバスで、駅前から上の湯銀婚温泉まで送ってもらい、さらに下二股川上流六キロ先きまで車道があるというので、温泉の車を特別むけてもらった。

僅か六年の間に、天狗岩合流には、立派なコンクリートの橋が架けられていた。道路は、右の尾根から広い緩斜面の中につづいていた。燕麦の黄色い穂波に、日がきらめく中を車はゆらゆらとすすんだ。天狗岩を末端とする尾根は、道路に平行して一段と高く奥へつづいていた。その側面の壁に、この燕麦の広い畠地の斜面の裾がつき当るところに、溝のように下二股川の谷がある。勿論、流れは見えない。ところどころ、土がガレて、白くなっているのは、あの凝灰岩の上部だと思われる。

「地図にあるこの道を通らずに、どうしてあんな沢に入ったのかな？　それにしても一日で通過したのは大したものだ」

浩があきれるやら、また感心するかにいうのだった。周三も、そう思うが、あのとき、あの子供の言葉を信用したのもあろうし、鉄砲沢のきりたった壁が美しく、その本流がさらによいと思いそれを見たかった。一日の損失ではあるが、あのゴシック建築のような美観は、いまも周三には損をしたとは思えなかった。だが浩はこういった。

「親父さんの負けおしみだな、でなけりゃ、幻覚だよ、あんな沢で苦労したけりゃ、何もこんな遠くまでくることはない。定山渓の錦橋付近を渡渉したっていいじゃないか」

周三は、定山渓の俗な風景と一応思ったが、あるいは幻覚かもしれないとも思ってみた。

道路が山の方へカーブするところに、直角に支流が入っていて、その対岸は一段と急な尾根が出て、その壁に燕麦畠の緩斜面が区切られていた。二股は、この左手の下方の隅にあった。そこから上流は狭く深い渓谷をなしていた。

車道は、つき当った支流沿いに右手上部の谷に消えていた。二人はここで車をおりて、燕麦畠の縁をゆくと、二股に下る歩道があった。周三には見覚えのある粘板岩の黒い沢だった。廊下状の淵になったところで、浩は地下足袋にはきかえ、川の中を進んだ。周三もこれに従った。腰までの深さになるところ、浩はザックをおろして周三を背負って浅瀬までいった。神経痛を起こしてはという配慮である。

前に来たときは廊下の上を高巻きしている。こうして前のときにくらべ、おそろしく時間は短縮された。少しゆくと小さな支流が本流に出るところに、二メートル位の滝があった。広い磐の中に、深い滝壺を作って、小規模ながら、ととのった美しい滝だった。

「これが車滝かな、磐にバウンドしたのが、ながい年月で滝壺になったんだ。車滝は親父さんの空想の滝ということか」

浩はからかい気味にこういった。いやあの滝は本流にあった筈だと周三は思った。

黒い谷に見上げる空は、青い樹々の葉にせばめられ、隙間もないくらいに蝉の声がする。気温が高く、ワイシャツをぬらす汗だった。浩は裸になって盥《たらい》程の滝壺に入った。胸まである深さだった。本流が右へカーブすると、周三の記憶にたがわず本当の車滝があった。いささか自信をとりもどした周三だったが、この滝の乗りこえで、また浩にしてやられた。

周三は、先きには滝の落口近くの木のぼりの連続でひどい消耗だったのだが、浩は、ずっと手前のブッシュだけのゆるい斜面をのぼった。上に出て見ると、滝の落口から流れがカーブしている上方に出たのである。周三は車滝の見事なバウンドに見とれ、下流からの地形の観察がおろそかであったわけだ。

何年も山にいって、こんなことはないと思う。しかし、浩がこのルートをとったのは、周三の苦心を聞いていたから、必要以上に地形の観察がゆきとどいたからともいえる。

「親父さんがカラーで撮った岩がある」

浩の声に周三が見ると、足もとの岩が赤く小さなブロックの積み重ねのようになっていた。そこだけ見ると美しかった。これを真上から写したものだった。対照物がないから、大きな岩壁のようにフイルムに写っていたのである。

「ずい分誇張したもんだ」

浩はいった。

「誇張じゃない、自然の抽象だョ」

敗けおしみのように周三はいいかえしたが、彼自身も、こんなでなかった、いつの間にか誇張された記憶におきかえられていると思ってもみた。

前に来たときの二日目のキャンプサイトも早々にすぎて、広い川原で休んでいるときだった。

「ここにも、親父さんの写したのがある。これを集めて撮ったンだな」

浩の指す足元を周三が見ると、流木の小片が水に磨かれて、ミニチュアー彫刻のごときフォルムをしたのが散らばっていた。

いや、大きな彫刻のようなグロテスクな流木だったが、あの日はガスが深かったので、錯覚だったろうか、前の岩のこともあるので、周三はだまっているより仕方なかった。美術の世界を知ると、周三は人の作ったものの美しさにひかれた。上京したときに見たイブクラインの青い絵は、どんな海の色が美しいからとて、これにはかなわない。ポロックの「秋」という絵には、どの秋の山肌よりも美しいと思った。こんなことから、写真をとるにも、おのずから抽象化したものになっていた。そして、デフォーメーション（誇張表現）もあった。だから、こんなことがあるのは当然のことなのだろう。でも周三はこのデフォーメーションをしながら、それを忘れていることはなかったろうか？

周三自身それに気づいて、前のときの行動中には、どれだけそれを気づかって反省したかしれなかった。だが、こうして浩に指摘されると、あのケシ部落のことも、夢の中の出来ごとのように思われ、どのように、この夢の皮を現実に剝がされるか、逆に興味も起きたのだが、やはりそら怖しい気がするのだった。

カラーフィルムのサンプルにもある長瀞のような渓谷、ビーバーの作ったようなダム、二段の滝も前と同じであったが、周三の記憶よりも、かなり小規模であったことは事実で、一層周三の自信をぐらつかせたのである。

やがて、峡がカーブするごとに、狭く嶮しくなってきて、あの周三が四時間も高巻きした、五〇メートルの垂直の懸崖にかかった滝を前にしたのである。これとて、二〇メートル程度の滝だったが、当然前と同様のびてきた出尾根を高く巻かねばならぬと、周三は思ったのだが……。浩は、地下足袋のまま尾根のブッシュを分け登った。そのあとをくぐるようにして周三もつづいた。下の滝の高さと同じ位になったとき、浩はトラバース（横へずり）をはじめたのである。

「まだ滝が上にあるじゃないか、大変だぞ」

「あの滝は支流のだよ、大丈夫さ」

周三がよく見ると、なる程そうだった。上の滝は水量が著しく少ない。本流は滝の落口で急カーブして左に入りこんでいる。車滝と全く同じだった。観察の不行届き、いや前にも書いたように、浩は、父の記憶によって、観察がより緻密《ちみつ》に行われたからでもあろう。下から見れば、車滝と違って流れのカーブはわからなかった。

二段の滝と見たのは周三の誤りだった。こんな地形の通過には、トラバースはゆきづまりで引かえしを余儀なくされることが応々にしてあるものだ。そんな繰りかえしをして時間の損失をするよりも、はじめから覚悟をして、思い切り高巻きをするファイトも時に必要なものだ。そんな意志力というものが周三にはあった。その中の一損失といってよい。

山の行為で二度目の登行というものの楽なことは、コロンブスの卵の例にも当てはまるものだ。浩はこれをいって、やや元気を失った周三をなぐさめもしたが、周三は齢《よわい》のせいかとも思うのだった。

下からはトラバースもできないと見たが、草つきのテラスがつづいていて、弓状の木の幹をかいくぐって楽に滝の上部に出られた。しかし、トラバースしながら見る滝は前と同じに見事なものだった。滝壺は下で見たのと同じく、丸く掘れて青い水をたたえていた。落口から左にカーブした流れは、周三が四時間も高巻きをしただけのことはあって、一〇〇メートルもつづく急な滑《なめ》であった。黄色い広い岩磐で、筋をなして水が滑っていた。おそらく周三がここを通っていたなら、カメラにおさめたであろう抽象図である。やや、しばらく、しぶきを足に受けつつ彼はシャッターを切っていた。

滑の上に出て、いくつかの小さな滝を越えると、周三が、前に高巻きしておりて来たガレの下に出た。まだ五時前であったが、これからは滝の連続で、よいキャンプサイトもないので、前と同じテラスにキャンプすることにした。

浩は手ぎわよく草をなぎ、天幕を張りシーツを敷き、夕飯の仕度にかかっていた。周三は流木を集め、川べりの岩の間で焚火をしていた。夏とはいえ、濡れた身体に焚火は心よいものだ。そうして蚊よけにもなる。陰影の濃くなってゆく谷すじをながめつつ、周三は夕飯のできるのを待った。そうして、今日一日で、二度目の山行の、何か空虚なものを感じていた。実際とは違った登山、それがデフォーメーションされた記録であったとしても、崩されてゆくことはつまらなかった。最後に残された山だけでも、たとえ伝説的な幻想的なものにとられてもよいではなかったか、二度の登行に踏み切ったことにいくらか後悔に近いものが、心の隅に湧いてくるのだった。

そう思う反面、またあの頂上以後のことはどう割引して考えても納得のゆかぬものであったし、いかに浩でも否定できぬことだ。周三の登山に対する現実的な究明への意志、探検的な魅力を追う気持ちは、より以上に強く彼を支配してくるのだった。夏の山旅で、テントに寝れるのも周三にとってはしばらくぶりだった。この前は悪天で蚊がいなかったが、今日はかなりいる。額と後頭部に蚊にさされたしこりができていた。テントの中で、浩がバルサンを燻《くゆ》らした。

143　乙部岳

夕食はスパゲッテー、罐詰のミートソース。そのあとのコーヒーがうまかった。朝食は罐詰のチキンライスだった。周三にとってはぜいたくきわまる山の食事だった。

その夜、周三はいつになく夢を見た。長い長い螺旋状の階段をのぼっていた。何か大切な重いものを担っていた。けだるく、思うように足が運べなかった。息も苦しくあえいだ。横を追いこしてゆく人が多かった。殆んどの人が、周三が心にかけて親しんだ者であった。それが、荷を担ってやるといわぬばかりか、見かえるどの顔も意地悪な顔だった。いつも相手を対等に扱い、特に山では息子浩のほかは、荷物も等分に持った周三であった。その片意地を笑うかのようだった。

そのうちに若い女性が周三の手をとった。引いてくれるのかと思ったら、突放しざまに、「弱ったのネ」といって侮蔑の眼なざしを残して、飛ぶように登っていった。周三がいく度となく山へつれてゆき、手をとり、ひきあげてやった、遠い遠いむかしの恋人だった。浩の声に目をさますと、盗汗をかいていた。いびきをかいたことのない周三が、大きないびきをするので気になったのだという。周三は、暑さと、枕が高かったせいだろうと思った。夜中から涼しくなり、夢もなくいびきもかかずに朝までねむった。

翌日、谷は深い霧におおわれていた。悪天候の霧でなくて、晴天を保証する朝霧である。この季節、この道西日本海岸地方の特殊気象である。沖を流れる対馬暖流と、その沖を南下するリマン寒流の交わる作用によるものだ。

「海霧《ガス》だ！　今日はいい天気で暑くなるぞ、早く出かけよう」

周三の方からいった。朝食を早くして、六時にはテントをたたんだ。小さないくつもの滝、これは周三が来た前と変りなかった。谷が鍋岳を右に廻りこむと、水量がほそぼそとなってきた。このとき、浩が本谷を避けて、左の山稜側の枝沢に入りこんだのである。

「できるだけ本流をつめた方がいい。尾根はブッシュがひどいから……」

周三がいったとき浩は

「きょうは親父さん、黙ってボクの通りについて来な、ボク流の登り方と親父さんのとどう違うかやってみるよ……」

いまにひどいブッシュ漕ぎになることがわかっていて、と思うと周三はいまいましかったが、黙ってあとに従った。枝沢はすぐ水がなくなり、両側から行手をさまたげるように根曲笹が生えていたが、浩はそれを分けくぐるように進んだ。

浩の尻についてゆく周三は楽だった。だが反面、精神状態は、割りきれぬものを残し、愉快ではなかった。出発してから一時間程で稜線にたった。反対側は急に落ち、両側は緑の尾根が高まっているのがガスの中にぼうとわかる。小さな鞍部にいるということがわかった。

小憩後、浩は

「急だから気をつけて」

といい残し、尾根をのぼらずに、反対側の斜面をおりてゆくのだった。浩のコースは略図に示すように、清水川の枝沢を下って、その本流をつめて、直接乙部岳南峰にとりつくつもりだった。周三にも、普通なら、すぐそのことはわかった筈だが、いく分平衡を欠いた頭の状態だったので、浩が頂上にはゆかずに、直接あのケシ部落にゆくものと思いこんだのである。

時間がたとえ尾根筋よりかかったとしても、ブッシュ漕ぎの辛さからみれば、変化があって面白いと浩は思った。ぐんぐん下る浩に周三は遅れ勝ちだった。ガスの中に見失っては大変と、急ごうとすると、笹に足をとられてすべり、つんのめって、斜面をころがった。

「親父さん気をつけて、これから岩が出てくるから危険だよ」

子供のころ、母親につれられて潮干狩をしての帰り、疲れて幾度も転び、叱られたことがある。周三は、子供と共通点のある老人になったのかと思うのだった。急なブッシュの斜面は、やがて小さな凹みとなり、流れが見え、ルンゼ状（岩と岩の溝）となってきた。小さな滝をいくつか下ってゆくうちに、流れは瀬となり、間もなく同じ位の水量の二股に出た。

周三は浩を追うのに、せい一杯だった。どの方向へ歩いているのか、地図を出してみる余裕さえなかった。体力よりも精神状態が動作を鈍感にさせていたのである。

浩がザックをおろしていった。

「一と休みだ、親父さんはブッシュよりも岩が得意だからこのコースをとった、どれだけ時間短縮ができるかナ」

周三は、もう意見をいう気にはなれなかった。石の上に腰をおろし、浩から渡された肉の燻《くん》製《せい》をむしった。昨日から肉類が多くて、歯に挟まり歯ぐきが少し腫れていてまずかった。

ガスはまだ深く、同じリズムの流れの音がするばかりだった。それから左股に入り溯行にかかった。淵にゆきあたり対岸に渡るところで、いつもの周三なら歩行をゆるめず、石を飛び浅瀬を渡るのだが、浩のあとに従いながら、そこ、ここ、と石を探るにためらう動作の鈍さ、ときおり
「待ってくれ」

と浩を呼んだりした。方向が右へ右へとなり、リング・ワンダリングしているようにも思えた。川でそんなことはあろう筈がないのだが……　いくつかの小瀑を越えると、流れは小さく

なり、間もなく急な伏せ流の岩石のつまった、ガレ状になってくる。このガレが分れるところから、左の方向に上部がかぶるように連続している崖があった。その崖ぶちをゆくと、さらに細い急なガレに出た。これをつめると、また崖にゆきあたった。崖は堅く階段状になっているのでそれをのぼった。終るところからブッシュを漕ぐと膝位の小さな笹の平地に出たのである。

「早かったろう、尾根をくるより、二時間、半分の時間で来てしまった」

こう浩がいってザックをおろしたのである。この声にわれにかえったように、周三はあたりを見廻した。

ここは「乙部岳」南峰の頂上だった。頂上についで、はじめて、浩のとったコースに気がついた彼だった。前に独りで来たとき、温泉泊りを入れて五日目に踏んだ頂上だが、僅か一日半でこられたのである。

新しい「相川」の地図を見ると、厚沢部俄虫の方から、安野呂川上流へ車道がついている。この道は分水嶺を越えて、上ノ湯までつづいているのであろう。そうすれば、支流の清水川出合まで温泉の車でゆき、ここから、一日でいい筈だ。

「今にガスが晴れるぞ、こっち（姫川方向）だって落部川より楽だから、今日はその方に下ることにしよう」。浩は、周三の話した、あのケシ部落のことなぞ、一向に記憶にないがごとくである。

頂上付近は旧い地図、一キロ先は新しい地図の領域である。新地図には、頂上のすぐ西の麓、姫川の上流に、「旭岱」という部落がある。ここなれば話はわかるが、出口がない台地などというところではない筈だ。浩はかねがねこういっていた。

「ガスが晴れるまで、ここにいて、親父さんの納得のゆくように、姫川の源流を下って帰ろう。南の方にそんなところがあったら下ってもいいが、まずないナ、旭岱を、何か幻覚的な表現をしたんじゃないかな」

「旭岱？　そんな遠くじゃない、すぐこの下だったんだ」

こんな会話が交わされた。そのうちに、たちこめた霧が動きそめ、汗に濡れたシャツに冷めたく当るのだった。

「晴れるぞ！　素晴しい頂上だ」

何回となく登った頂上の経験を持つ周三にとっても、このような機会はそうあるものではない。いままでの憂鬱も消し飛ぶかのようだ。わけても、彼には、あの西か南のすぐ目の前に、必ず出現するであろう、ケシ部落が見られる期待に、わくわくする心地だった。霧の流れは早くなり、一条の白い線がすぎると、頂上一円の縁がくっきりと目に写った。

東面崖の端から吹きあげる霧の幟《のぼり》が切れ、前面のはるか下方に、緑の山腹の面が部分的にあらわれては消えていった。そうするうちに、崖端の上に、丁度望遠鏡をのぞくように、円状に空間が割れて、その遙かの距離に雲海があらわれ、その中にいくつかの山頂が、島のごとく点在していた。

周三は地図を拡げて、その方向の山をたしかめていた。東方はるか、いくつかの島山の中にある尖峰は、濁川盆地のところの狗神岳、その先きに遠く、もっとすばらしい大きな尖峰がある。ひろげた地図にはないが、まぎれもなく噴火湾の南を扼す駒ケ岳とすぐわかった。北を見れば、遠くユーラップ山塊や雄鉾《おぼこ》岳があざやかに浮きあがってみえた。

島山の山頂を周三がたしかめているとき、また一団の霧がおそって来て、あたりを乳色の中につつんでしまった。周囲が一〇メートル位の地面が見えるだけであるが、ガスの筋なす流れの中にいると、アラビヤンナイトに出てくる飛行絨緞《じゅうたん》に乗っているようだった。

「晴れるまでひと眠りしよう、時間はたっぷりだ」

と浩はいってザックを枕にした。周三は落着かなかった。西面か南面が晴れるのが待ち遠しかった。ザックに腰をおろして地図を見ては、あたりを歩きまわった。

いま、雲海の上に見た山々は、前に来たときと少しも変りなければ、地図上の位置からも少しも狂っていない。ガスの中で、周三は西面と思っているところが晴れたとすると、あのケシ部落は、果して現われるだろうか、周三自身もいままで浩と通って来た地形からして、いかに地図の相違があろうとも、別の山の出来ごとのような心地がした。また、そう思っても、あの周三が苦心して脱出した部落の経験は事実なのだと思うと、今まで浩と来たこと、そうして雲海の上に見た山々の現実の方が、逆に嘘である。夢の世界のような気もしてくるのであった。

冷たいガスの流れにこころよく眠っていた浩はガスがうすれ、真夏の太陽が真上から照りつけるようになって、眼をさました。

「さあゆこう」

元気よく立上り、あたりを見たが、父周三の姿はなかった。「ウンチングか?」とつぶやきながら、ザックをかたづけ、水筒の水をのむ。すばらしい快晴だ、父のこの山に抱いた感傷も一ぺんに吹きとんでしまうに違いないと浩はおもった。とぎすまされた空気だ。浩は腰をおろし、莨《たばこ》をくゆらしながら周三を待った。

山はいい、ヒマラヤの豪快な雪と氷と岩、神々の座といわれる崇高さを経験している浩であったが、この箱庭のような山とて、決して捨てたものではない。弓なりにひろがった噴火湾、まだ残る雲海の彼方の日本海の汀線、この狭い部分にあって、陸地の小ささはわかるが、その中心の一番高い一点に立って、起伏する山脈を眺めつつ浩は父のことをおもう。

北海道より知らぬ父は、小さなこれらの山にも、ヒマラヤの雪や氷をまとわせたりして鑑賞したところがなかったろうか。そして体力的にも、この山を最大のデフォーメーションをして山行をたのしんだようにも思われるのである。だが、それにしては周三の記録は略図まで入って、実にリアルに鮮明だったのも不思議である。かねがね浩は、父周三との山に対する考えには共通点があると思ったことがある。

ヒマラヤでの経験では、ただ夢中で隊長らのもとに仲間と行動し、登頂の成功という重荷をいつも背負ってのチームワーク。息苦しくゴールを目ざす団体競走であったともいえる。朝夕見る氷と岩の美事な自然の彫刻、雲や霧や太陽が、それらに多彩な変化を与えて、おりなす自然の交響曲、それはかつて、書籍や写真をひもとき、カラー映画で想像したことをはるかに超えた自然美であった。それを鑑賞しながらも、登頂し得るかどうかの不安が、誰れの脳裡にも、寸時も離れることがなかった。実際にあのとき、登頂するとしないのでは、資金を調達してくれた多くの後援者に対して、無形の責任を負わされていたわけだから、無理からぬことであった。

そんなとき、父周三がとれない休暇をぎりぎりにとった日程の中に、北海道の小さな山に登った日記のことを思い出し、雪の中に寝ては、予定日に帰れるかどうかの不安に登頂した記録と、日ごろ周三の話とをあわせ、よく似たものだと浩は思った。登行という意志と、対象たる自然とのおりなす条件との交叉する多次元的な美、周三はこれを山の動的美といっていたことを浩は思い出すのだった。

見おろす西から南にかけても雲海が徐々にうすれて、日本海の汀《みぎわ》や岬がはっきりと浩の目に入った。乙部村の人家のトタン屋根が光っているのも見えた。そして、そこから、ここの中間は、地図通りに低い山がひろがっているにすぎなかった。姫川ぞいにも、人家は点々として見えていた。予想どおり、ここから姫川に下り、夕方までには、旭岱あたりに出られそうだった。父周三のいうケシ部落なぞどこにも存在する筈はなかった。

「おーい、おーい」

浩はコールしたが、なんの反響もなく、しんかんと夏の日にかがやく青い山脈が、全く時間を捨てさった空間的存在として知覚されるばかりだった。

ガスが晴れて、ケシ部落のないことを知った父が、そのおどろきか、また事実をたしかめる意欲にかられて、ここからは稜線で見えぬ南の方向へでも下ったのではあるまいかと、浩は思ってみるのだった。そんなばかなことがと、浩は思いかえすのだが、いくらたっても父は姿をみせなかった。

航空写真をもとに作られた現在の三色地図では少しの誤りもない地形である。こうして晴れわたって見おろす視野に映ずる地貌《ちぼう》、このまぎれない現実の中に思いみることは、山に対しては誰よりも着実な考え方と行動をした父周三が、どうしてこの山にのみ錯覚とも幻覚ともつかぬ記録が残されたのか、浩には不思議でならなかった。新しい地図と古い地図の境界に、未知の地域が存在することは一応考えられる。そう思って浩は地図を手につぶさに地形を見るのだが、それらしいものは視界の中に何一つなかった。

しかし、そう思う反面、いまの先まで、ここに父周三が居合わせたことが、嘘のことのようにも思えるのだった。山の話をいつもした父を頭に描き、父の足跡をたどり、それを批判しつつ、おのれのコースをとってここまで来たのだと、それが本当のことのように思えてくる浩だった。

この山にとりつかれた、妙な父の幻想をとりのぞこうとして、それをかき消すような登行をつづけて、ここまで来はしたが、かえって父周三の幻想性にいつの間にか引きこまれているような、浩にはかつて経験のない感情に支配されてくるのであった。

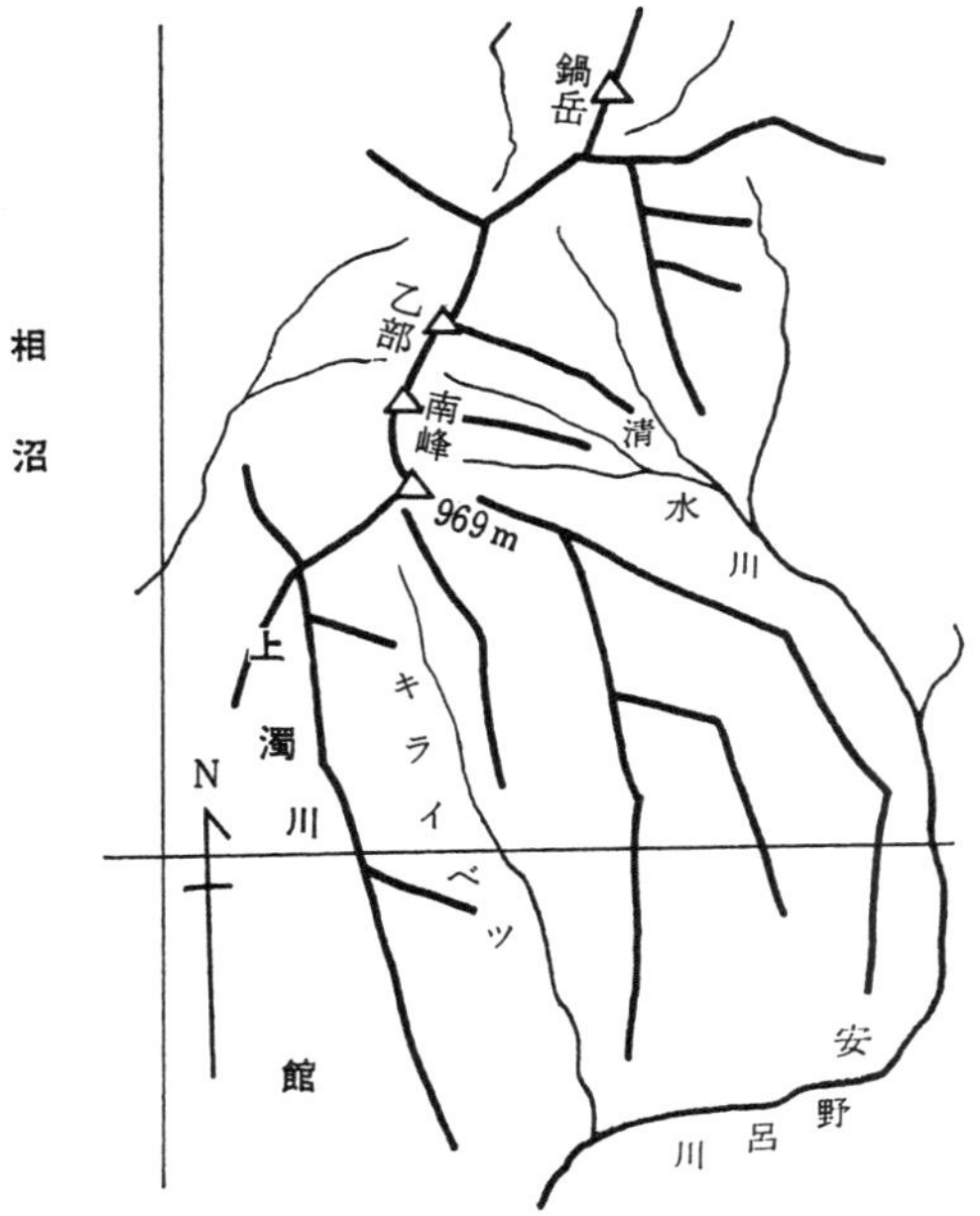

浩は新しい地図を買ったことはなかった。いつも父が整理している地図の箱から、必要なだけをぬき出していた。使用後も、父の机上に置くと、元の通りに整理してくれるのが常だった。いまも、二枚張りあわせた地図をひろげてみているのだが、ふと、いまのいままで気がつかなかったことに目を見はった。

地図に間違いがあるものかと、父周三のいったことを聞き流していたこと、ここ乙部岳の頂上付近、「上濁川」の旧地図に属するところは、父のいったように、一〇二〇メートルの線にかこまれた三角点に、一〇一六・六と印されてあった。打ち消すことのできない事実にふれて、浩は慄然とした。

一刻も早く父周三を見い出さねばならぬ、父の身に危険があり、躊躇しておられぬ焦りを感じるのだったが、反面常に父から聞かされた言葉を思い出す。山では決して死んではならない、山で死ぬのが本望だ、なぞうかつにいう人は、山を冒瀆している。山を知らぬ者のいうことだ。医師が自殺に薬を使わぬというのと同じに、山好きの者が、山で人に迷惑をかけてはならぬ。これが本当に山を知る者の持つべきモラルだ……と。

浩はおもう。父周三はまだ元気だ。どんなにひどい、前の記録のような沢に入ったとしても死ぬようなことはない。いまに、そこの斜面から笑い顔を見せて近づいてくるような気もするのだった。とにかく浩はこのあとの方を信じた。帰ってこなくとも今日はこの山頂で一夜をおくろうと、決意したのである。

持ちものを調べてみると、父のザックはなかった。食料も一人分を残して、いくらか持っていったようだ。飯盒はありコッヘルはなかった。地図はいま見たようにある。二た通りはもってこなかった筈だ、一個よりない磁石もおいてあった。ポンチョはなくテントはあった。カメラは無かったことが、浩には何かを探る心理的なものがあることを直感したのである。周三の記録帳スケッチブックももちろんなかった。

こうして、浩は頂上の笹の上にテントを張った。沢におりて枯木をとり、夜通し焚火をして、万一のときの目標にした。おそらく、遠い乙部村からもこの火は眺められたであろう。満天星の下で、眠ることもせずに明した浩は、夜明けとともに行動しようとした。

その前に、若《も》し家にも帰っていなかったら、仲間で捜査に当らねばならぬ、そのことも、ここでよく考える必要がある。頂上からの地形をよく観察せねばと、浩は「上濁川」と「相沼」の新旧二枚張りあわせの地図をひろげ、さらに念のためにと、その南につづく地図「館」を見ようとした。そのとき地図の裏に書いた周三の鉛筆の走り書きの文字が目にとまったのである。

「せっかく来たのだから、二人でこの山の未知の部分を徹底して究明しよう。浩は姫川の方へ下れ、私はもっと近いキライベツ・コースをとる。脚が遅いから先に下る。五厘沢で落合おう」

五厘沢は姫川下流乙部村にある温泉である。ザックの上に地図をひろげ、石をのせてあったのを浩は思い出した。濡れたので干したものとのみ思って気にもとめなかったが、その書き置きだったのだ。浩は地図をつないでうなずいた。今まで二枚の地図ばかり見て、「館」の図面はコースから離れている方面なので、見のがしていた。乙部岳の南の九六九メートルの三角点からキライベツという沢がある。この頂上からは三角点の突起で見えないが、そこまで稜線のブッシュを漕いでゆくと、あとは楽に下れそうである。安野呂川の部落はたしかに近い距離にあった。

沢のあたりから「館」の新地図なので、あるいは、その間に未知の地域があるかもしれぬ。

いやある筈はない、と浩は否定しながらも、父があれ程ケシ部落の存在に執着していたことを思い、それにふれていないことも不思議に思った。

そうして、意をあらたに山腹を見おろす。現在古い地図の上に浩はいる。ここから地図の等高線は、西と南、数キロメートルで断層のごとく直線に区切られて新地図へつながっている。地図上の地形からうかぶイメージと、現実に展開する地形とが、距離計の二つの像のごとくにモンタージュされたとき、浩はそこに父周三の心に強くふれるものがあった。


〈追記〉

山へゆきはじめたころ、北大山岳部の人たちが編集したガイドブックに『北海道の山岳』(昭和六、札幌、晴林堂発行)があった。よき指標として、当時仲間にめぐまれなかった私にとって、どれだけ恩恵を受けたかはかりしれぬものがある。

だが、このガイドブックにも載っていない山がいくつかあった。半島部では、尻別岳、昆布岳、南端の大千軒岳、中央部の乙部岳である。尻別岳と昆布岳は早く登ったがあとの山は、地図を見ただけでプランが樹てられる日数の山ではなかった。休みがとれるようになった戦後も、かなりあとまで登る機会がなかった。

乙部岳はその前年函館出張の帰り、濁川温泉から山越えで上ノ湯温泉に出て、麓の事情を偵察し、翌年、いまは亡き長谷川秀男と二人で登った。大千軒岳は、土地の人が登っていると聞いたのに、ここは山の名さえ知らない。里人からも知られていない山であった。

そのころまだ古い地図よりなかった。若し、新地図を見ていたら、私らは温泉の車で分水嶺を越えて、南東の清水川を溯行していた筈である。古い地図ゆえ、落部川下二股川を溯行したが、そのため五日間もかかり、それだけ思いもよらぬ山の深さにふれることができた。

四~五月の連休で、山稜は残雪堅く、私らは楽に鍋岳から稜線を伝えた。これまでの地形と登行記は、はじめの凝灰岩の廊下と一部の誇張をのぞいては、大体実録に近い。主人公横田周三を私として扱う人が多いが、モチーフは同じであっても、性格などはかなり違えているつもりである。現実の山では雰囲気に溺れることは禁物だ。これはあくまでもフィクションである。

長谷川秀男氏は、「ゴム長靴と地下足袋で登った山」と何かに書かれていた。頂上近くが嶮しい日高の山にくらべ、逆にゆるくなり、登山靴に履きかえることなく、彼はゴム靴、私は地下足袋のまま登ってしまった。

最近出た三色地図では、一〇二〇メートルの等高線が消えて、山の高さは変わりがなかった。

一九六三(昭三十八)年五月一日

ニトヌプリの地吹雪

私の山行で、登頂のないものが、きまって記録帳にもれている。そうして、そのときのことが、年月のたつにつれて、むしろ鮮明？　なイメージとなって蘇ってくるのである。この山行もその一つで、ニセコアンヌプリの、西麓の五色温泉の井上旅館に、多勢の仲間と泊まったときの、それは遠い昔の話である。

そのころ国鉄の山の家はなく、また、その後井上旅館が倒壊したことを考えると、昭和一〇年前後のことのように思う。狩太からニセコアンヌプリの麓の、深い雪の緩傾斜をラッセルして、標高差二〇〇メートルの見返坂を登り、五色温泉へゆくには一日がかりであった。それを、この日はたくさんのパーティがいて、ラッセルもなく午後二時頃旅館に着くことができた。

ひと風呂浴びて、丹前を着てくつろいだ。新聞紙を貼った壁の汚い部屋に、十人ほどの仲間が、花札をやったり、雑談をしたりしてたのしんだ。夕食をすませたころ、凍りついた窓硝子が明るいので、薪の角で、ゴシゴシ氷をおとして外を透かして見ると、円い大きな月がニセコアンヌプリのかげに出て、ふんわりと積もった雪に美しい陰影をつくっていた。

疲れもとれていたし、この雪にシュプールを残してみたいと思って、急ぎ、仕度をして誰も誘わないでひとり外にでた。三〇センチも積もった雪であったが軽い。ダンチンゲールの黒のワックスを薄くスキーの裏に塗りつけて、温泉裏から岩雄登へつづく斜面をジグザグ切って登った。

ニセコアンヌプリは逆光になり、縁取りが月の光にヌード写真のように美しい線をなしていた。暗い中に、さらに暗い凹みに、オレンジ色の窓が美しい二軒の温泉宿があった。

小イワオヌプリの雪原はレモンイエローの月の光をたたえ、一条のシュプールを残し、ニトヌプリ近くまで行ってみたいと思った。もうこのとき、時刻のことも忘れ、冬の天候のことなど思いもよらぬ心境にあった。

雪原の中ほどにきたとき、このおだやかな世界に全く予期せぬことがおこった。ニトヌプリの頂きに雪煙が舞い上り、それが獣のごとく駆けおり、見る見る広がって、やがて目も口もあけられない地吹雪となって、私をおそって来たのである。

私はヤッケを着てこなかった。スキー帽の垂れをおろして顔をおおい、今来た方向へ急いで帰ろうとしたが、スキーが思うように進まない。あせればあせるほどスリップする。地吹雪だからやがておさまるだろうと、私はさからわずにうずくまった。だが背に当たる風は氷のように冷たく、だまっていれなくなり、少しでも行動しようと、夢中で両脚を動かした。進んでいるのかどうかもわからぬが、そうするより仕様がなかった。

どのくらいたったろうか？　一瞬うそのように地吹雪はやんだ。脚が地を踏んでいるのが不思議にさえ思われた。私は見覚えのない谷間の、雪に埋もれた家の戸口の前にいた。スキーを脱ぎ、雪の段をおりて戸をたたき、

「おばんです」と声をかけた。しばらくして小柄な婆さんが顔を見せ、

「これはまあ、ひどい吹雪に……」

「温泉の裏でスキーをしていて迷ったんです」

「また地吹雪がきます。それが過ぎるまで休んでゆきなさい」

私は外からスキーを持って中に入り、土間のストーブに向かって腰をおろした。婆さんのいうように、また地吹雪が襲って来た。ガタガタと窓や戸をゆすり、戸の隙き間から粉雪が吹き込んだ。

婆さんは、ストーブの口をのぞきながら薪をくべた。その顔は小さく、色白く上品だった。

言葉も方言はなく、標準語のものやわらかな発声だった。

私はストーブにおおいかぶさるようにして、身体をあたためた。出された茶をすすり、落ちついてくると、どこからともなく音楽が聞こえてくるのに気づいた。息子の音楽だという。婆さんには、息子と娘の双子の兄妹がいるが、外国に旅行中で、いつ帰ってくるかわからぬとのことだった。息子は音楽、娘は人形の制作に専念しているという。ひとり山小屋にいる母親のために、息子はレコードを用意し、スイッチの盤を押すと、隣りの室のレコードが自然にかかるようになっていた。婆さんは、この曲が好きで、かけていると、心がなごみ、嵐の夜などしぜんにおさまるような気がするという。静かな中に烈しさを交えた音色で、朝鮮民謡に似た哀愁をおびたしらべの中に、集中してくる雷の音、それを一瞬かき消すごとく音のない音がつつんでしまう。

「興味がありましたら、その室に楽譜だという絵が飾っていますから見てください」

身体もあたたまったので、室のドアを開けて見た。私は息をのんだ。二〇号大のキャンバスに描かれた一〇点ほどの絵、個展会場のようだった。何かわからぬが、ほとんどが単純な色彩で、飛び散る雪に光をあてたような、また、積み重なる氷の断面のような、リズミカルな動きのあるものだった。この絵に囲まれて、レコードの自動装置があった。私は楽譜という絵にみ

とれていた。気をよくしたのか婆さんは、

「娘の人形もついでに見てください」

と、隣の室に案内してくれた。大小様々の人形、大きいのは等身大であった。息子の室が寒々としたのに反し、ここは絢爛そのものだった。白い透けた布を通して、赤と緑、黒色の輝く人形が心をひいた。気がついてみると、どの人形も目鼻や口が描かれていなかった。

よければ泊まっていってもよい、といわれた奥の室は、白い壁に囲まれた室で、小さな黒檀の文机に、鉄の香炉が置いてあるだけだった。見ると香炉から一条の煙が出て、室になびいていた。それはニトヌプリの頂きにおこった雪煙にも似ていた。

もうかなり時間もたっている。友人が心配するからというと、婆さんは、帰るならいますぐ出なさい。地吹雪には間があります、といって見送ってくれた。私は、明日あらためて礼にあがります、といって外にでた。

スキーを履き顔をあげてみると、元の雪原だった。月は中空にあり、ニセコアンヌプリの西尾根の雪波を光らせていた。粉雪を蹴って降ったとき、宿の前に多勢の人がライトをともして、こちらへ登ってくるところだった。仲間の一人が私を見て、

「どこへいっていたんだ、みんな心配して捜しに出たところだ。どうしたその姿は」

急に寒さが私をつつみ、ガタガタと震えた。全身に雪が凍りついていた。みんなにいたわられ、かかえられて宿に入った。温泉にながく浸って、身体を温めてわれにかえったが、数時間の間におきた出来ごとからは、なかなかさめやらぬ思いだった。

その後、ある人から、ニトヌプリは双子山の意だと聞いた。いま思うに、あの香炉の室にもし泊まったとしたら、私は凍死体として雪に埋もれ春まで発見されなかったであろう。

オロフレ峠

Nは、東京へ出る旅費を稼ぐために、道路工事の土方になった。昭和四～五年、まだ二〇歳になったばかりのころであった。

上半身裸となり、赤銅色に日灼けして、鶴嘴《つるはし》をふるい、エンピをこね、モッコをかつぎ、休日はもちろん休憩もなく、朝早くから日の落ちるまで働かされた。作業は、一〇人ずつ組をつくり、棒頭が叱咤《しった》する。手を休める者には鞭が飛んだ。若く健康な彼はこれに耐えたが、中には柔弱な者や年寄もいて差別はなく苛酷をきわめた。

飯場小屋に帰ると、土方は多くは疲労のために横になり、中には焼酎をのんで苦痛を忘れようとし、元気のいいのは、煙草を賭けて花札をした。彼は少しでも金をためようと倹約した。

ある日のことだった。金さんという年寄が、棒頭の目を盗んでさぼったといって鞭がとび、脚を払われた。金さんは横倒れになり、土砂の斜面を転がった。Nから見れば父の年輩である。

ひどい仕打ちにたまりかねた彼は、

「金さんの足りない分俺がするから、許してやってけれえ」

とかばったが、

「何っ？　青二才、生意気いうな、こいつには、てめえがなんぼ手伝ったって借は返せねえ」

当の金さんは、案外平然としてエンピをとった。棒頭が離れていったとき、

「おい若えの、甘っちょろい親切は真平だ。俺あなあ〝とびっちょの金〟といってならしたものよ、その埋めあわせと思えば腹もたたねえ」

その夜、飯場小屋で、隣りの男がいった。

「とびっちょてのは脱走者のことよ、周旋屋の戸をくぐったば、契約はいっさい解除だ。三回やると、周旋屋から金皮時計が出る。おめえやってみねえか……。あのおやじ、とびっちょ七回やって、とびっちょの金と、いばってやがるが、わかったもんじゃねえ」

「ここは蛸部屋ではないでしょう」

と、Nがたずねると、相手の男は苦笑しただけであった。今日の出来ごとから、一抹の不安があったが、彼は、蛸部屋とは奥地の話で、郷里登別の周旋屋歹屋の世話だったし、村の近くなので信じられなかった。だが彼は、ここに来てもう二カ月になり賃金も二〇円くらいはたま

った頃と思い、やめる潮時と帳場に申し出た。

「暇けれ、なんぼたまったか勘定して……」

帳場の男は帳簿を繰って、Nの前に出されたのは、一〇銭と五銭の硬貨二つであった。

「これなんだ?」

「なんだとはなんだ、俺の勘定にまちがえねえ」

Nは、口もきけずに帳場の男を見上げていると、

「おめえ、いってえここどこだと思ってんだ」

やはり蛸部屋だったのか、Nの背すじに冷たいものが走った。彼は、一刻も早くここを逃れたい気持が先にたった。帳場の男は静かに、彼に帳簿を示した。一日の賃金一円一〇銭、食費九〇銭、地下足袋六円、下着三円五〇銭、タオル一円。Nは、この必需品以外とっていない。それで、一五銭の残金である。

「まちがえねえだろ、おめえ焼酎も煙草ものまねえから蛸にならねえですんだ。焼酎一円五十銭、バット五〇銭(当時の値段、焼酎二〇銭、バット七銭)は高えだろうが、山のこった。これで蛸のわけがわかったか。親方から、あの若えの蛸にすんな、なるべく早く山さげろ、といわれてたんだ。一五銭ありがてえと思って、すぐ山おりろ」

Nには、辛い日々であった。石鹸も使わず、歯は塩で磨いた。食費のほか、下着は破れ地下足袋は穴があいたので、仕方なく帳場のものをとった。これで大方使い果したのであった。

「現場の横に崖あったべ？　あの上さあがってみれ、道がある。そこ通ってけあ、ポンベツの畠さ出る。あとわかってるべ？　土地のもんだから……途中、とびっちょと、とがめられたら、鮖《かすべ》とどこてえれ。むこうで、山から来たか？　と聞かれたら、海からだ、といえ。鉄砲ぶっぱなされるといけねえから、みんな寝てから出ろ。見張りにはよくいっとく、出るとき鮖とりにゆく、世話になったといえ。海さ出たら、まっさきに刕屋さ寄れ」

Nは涙が出た。このときは、何かわからぬが、くやしさばかりの涙ではなかった。寝しずまったころ、Nは地下足袋と上着をもち、便所で身仕度をして小屋を出た。飯場小屋一帯をとりまくバラ線の垣を見て、Nは無頓着だった日々が不思議にさえ思われた。見張りがいたので、いわれた通り挨拶した。

「三〇分たったら保証はねえから気をつけれ」

とおどかされた。

崖の横の林の道は、熊笹が密生し、手で分ける感触だけで進むよりほかなかった。ときどき押しかえされる笹の壁にぶっつかり、手探りで抵抗のないところを進んだ。林をぬけたところで星明りにすかしてみると、すぐ近くに屋根があった。近づくとそれは、飯場の裏の物置小屋だった。「あの帳場め、俺をだましのか?」。Nは怒りと恐怖とで心臓が高鳴った。彼は音をたてては、と息をのんで笹藪をかき分けて引きかえした。林の中の道は、どこを通っているかわからなくなった。

突如、銃声がとどろいた。甲高《かんだか》い声がした。距離は五〇メートルくらいだ。銃声とは反対の方向に遮二無二笹を分けていった。

そのうち、Nは、林の切れ目で北極星を見つけた。ポンベツの方向は真南である。南の方へと心がけるように急いだ。小さな川筋に出た。南へ流れていたので、そこを下った。いくたびも石につまずき、木の枝に服をとられてよろめき倒れた。

どのくらいたったろうか、その後も二度銃声がしたが、彼を追うごとく距離は変わらなかった。暗いうちに海岸へ出なければ危険だと感じた。そのうち流れに丸太橋のかかっているのにゆきあたり道に出た。ポンベツの畠の道だった。畠の中を駈け下ると、遠くに黒い人影があった。Nは夢中で「鮒だ、海から来た」と叫んだ。つづけさまに銃声が二発、その黒い影からおこった。それが最後だった。東の空が白く明けてきたころ海岸へ出た。彼は、村への一里余の道を走りに走り、周旋屋の戸をたたいた。

「こっぱやくなんだ」

主人はぶつぶついいながら、寝巻姿で出て来た。

「なんだお前か、ちょっと待っていれ」

刃屋には一文句いいたい気持であったが、前とは別人のような横柄な所作に、機先をとられた思いであった。

「蛸にならなかった賞金だ、とっとけ」

といって、彼の前に五〇銭銀貨を五枚おいた。

二円六五銭をふところに、Nの肉体は疲れ傷ついていたが、心は意外と明るく、父母の待つ家へゆっくりと歩いていった。


〈追記〉

オロフレ峠は北海道の峠の中では高い方で展望がよい。東の登別、カルルス両温泉と、西の洞爺湖、北湯沢、蟠渓《ばんけい》、弁慶の温泉群を結び、西は遠く羊蹄山、洞爺湖と静かな眺めであるが、東は曲折し、トンネルをぬけて下る道路を眼下に、登別岳羅漢岩の岩壁が聳えたち、動的美を展開する。一九四八

（昭二十三）年の十二月登別へ出張のついでにオロフレ山をめざしたときは、廃道で、中に背を越す樺が生えていたが、その後改修してバスが通じるようになった。峠からオロフレ山登別岳へは二時間とかからないし、羅漢岩の岩登りをする人も多い。この付近では山桜の樹が多く目にとまった。

蛸部屋の話は、実は、この峠の美しい眺めにかくれて、難工事であったオロフレ山道開削にまつわる、親友Nが青年時代の体験話で、私の小さな脚色である。

彼は、蛸部屋を出て間もなく、貧乏人の味方になる政治家をこころざして上京したが、二十五年ぶりに再会したときは、劇作家になっていた。とびっちょをモチーフにした作品、後、映画にもなった『どぶろくの辰』がある。

武利岳《むりい》

1

山多太市が、高い響きに眼を覚ますと、列車は北見峠のトンネルの中であった。長いトンネルだ。隣りの人が時間を計っていて、十一分かかったという。トンネルを出てから、彼は曇った窓を拭いて外を見た。あたりは暗く見分けがつかなかったが、目が馴れてくるにつれて、前方に濃い針葉樹林で覆われた尾根があるのがわかった。雪を纏《まと》うた蝦夷《えぞ》松の巨木が列車の近くを幾度も走り過ぎた。空には暁の明星が輝いて、寒々とした深山の姿である。

太市は思った。山の淋しさというものは、山に入っているときは忘れているが、こうした列車の中から奥深い山の姿を見ると、実にひしひしと身にしみてくるものだ。

尾根の間に、天狗岳と思われる岩山が見えてから、奥白滝の駅に着いた。けもののチャンチャンコを着て、長い毛で造った蛸帽子を冠り輪かんじきを背にした猟師が二人暗いホームに降りた。

太市の下車する白滝駅が近くになるにつれ尾根がなだらかに、空が広くなり夜も明けはなれたが、急に気温が下って、窓の硝子が凍りついて来て外が見えなくなった。間もなく白滝駅なので、太市はザックを棚からおろし、列車の出口に出た。南方を見ていると、遠く空の一角に鋸状につづく鮮かな陰影をもった山脈があらわれ、眼を見はらせた。太市は武利岳登頂には越さねばならぬ尾根であることが判った。地図で想像したよりも嶮しそうだった。

白滝駅へ着いたのが午前六時、雪が少なく頬がひきつるほど寒いところであった。駅の前は丸太が山と積まれていた。市街を離れ、上支湧別《かみしゆうべつ》へ九キロメートルの直線路を、太市は重いキスリングを背に、スキーを曳いて歩き出したが、心は軽かった。朝の日が、谷の一角につき出た支湧別岳のかげからさしそめ、青々と雪面に縞模様をつくった。馬橇道に軽く積った雪を踏んでゆくたびに、キクキクと音をたてた。太市はポケットから温度計を出して、しばらく手にさげて計った。マイナス一八度であった。

市街を出はずれてからスキーをはいた方が楽と思いその用意をしていると、駅の方から空《から》の馬橇が近づいて来た。橇は二個で前後をチェーンで繋いでいた。支湧別方面へこれから作業に出かけるところだった。太市は二十銭でザックを乗せていってもらうことにした。

ストックのリングを橇に打ちこんである釘にかけて曳いてもらった。ゆく手の山脈は、さしそめた朝の日に、尾根筋の輝きと、濃い谷の陰影の美しいコントラストをつくった。このむこうに、姿は見せないがより高く聳立する武利岳があると思うと、太市は心がおどった。まぎれもなく、久しく心に描いていた武利岳への登行がやっとかなえられ、すでにはじまっているのだ、よくこれまでわれながらこぎつけられたものだ、としみじみと思った。

昭和四年三月二十日の朝のことである。

2

武利岳はムリイと古い地図には振仮名がふられている。一八六三メートルといえば、本州方面の人は低い山と思うに違いない。だが、北海道では、緯度の関係で森林限界は一〇〇〇メートル前後でそれ以上は結構高山の様相をととのえている。

北海道の屋根といわれる大雪山、ヌタクカムウシュペ山でさえ二〇〇〇メートルをすこし出たにすぎない。火山系の大雪山の起伏のおだやかな山容にくらべ、その東に、石狩川を距てて屋根型に岩をまとって聳立するこの山は、褶曲帯という生成を異にした、全く対比的な山である。武利岳は、人里からものぞまれない北海道の中心部にあって、実力ある者のみより登頂をゆるさぬ孤高の山であった。しかも山多太市がこの山に登ったころは、夏の歩道は、もちろんなく、麓に到るにも、石狩川支流ニセイチャロマップ川、北見の武利川から無加川を四〇～五〇キロメートルも渡渉しつつ溯らねばならなかった。

そのころの登頂記録は、すべてH大学山岳部員によるもので、何れも二週間近くを要している。

太市がなぜこの山を選び、登ろうとしたのか、それは、第一に日曜登山家としての条件において、休みのとれる日数の限界内で登れる最高の対象になったからである。

太市は小樽貯金支局に勤務する事務員であった。日給雇員の地位で、自由に休暇をとれる術はなく、冠婚葬祭などよくよくの事情がない限り与えてはくれなかった。まして山登りなどの遊びを理由の休暇申請などしようものなら、そのときは許されても、年間整理の時期に、馘首の候補者にあげられることは、まず間違いないところであった。そうすれば日曜祭日の連休以外にはない。正月だけが四日つづくので、せいぜいその範囲内である。

太市はH大学山岳部報などの先人の記録をよく読んだ。市周辺の山に、スキーツアーしてはトレーニングを重ね、先人の記録の二割三割と時間短縮をする体力と技術を身につけようとした。

太市は夏山は専ら体力作りで、冬山に力を傾けた。人のつけた道を通って登ることは、体力と金と時間さえあれば誰だってできる。冬山は自分でコースを見つけ、天候という悪条件への対策を考えてせねばならぬ。それだけに魅力があった。

一般コースを短縮するには、体力技術のほかに、より経済的なコースを見つけることも必要だ。休みの制限内の行動を前提として対象の山を選んだとき、麓に到る交通事情などから、どうしても、普通一般のコースがとれない場合は、より困難と危険が伴うコースでも選ばねばならなくなってくる。こうして選ばれた山を実行に移して登頂し得たとき、太市のよろこびは格別だった。

北海道の山登りのうえで技術といえば、スキーがほとんどである。幸い、太市は場末の望洋山の麓に住んでいた。毎朝暗いうちに起きて、望洋山の中腹のスロープ一帯でスキーの練習に励んだ。そうして太市は、一般的にはプランのたてにくい、いくつかの山を登った。

武利岳に注目したのは、彼が山にゆきかけて五年目のときであった。ゆけぬ山ながら、五万分の一地図を買い求め、見えざる沢すじや尾根を想像しつつ、新しいコースを求めたのである。

層雲峡からは、今の大雪国道はなく、石狩川大函の通過は正月では雪不足でむずかしい。よしんば通過し得たとしても、それから上流のラッセルを考えれば無理である。雪の状態からは三月が最適であるが、やはりこのコースは、最低六日は要するので、太市にはプランの対象としては問題にならなかった。

あるとき、見るとはなしに武利岳周辺の地図を開いていた太市が、はたと机をたたき、可能性に目をかがやかしたのは、先人の誰れもが目をつけなかったコースを直感したときだった。

石北線白滝から、ニセイチャロマップの源頭へ裏側からとりつきここから長い山稜を伝ってゆくものだった。地図を見ても、等高線の混んだこの山稜にとりつくことの困難は想像に難くない。白滝の奥、支湧別の村から、一気に一五〇〇メートル、壁のように高まっている山稜で、中央高地では、これだけの等高線の混んだところは他に見当らない。それでも、ここなら、天候さえよければ短時日でゆける。雪の多い三月なら三日で登ってこられると太市は直感したのである。列車の時刻表を調べると、かなりの無理があったが、とにかく一日の休暇をはさんで連休があればゆけそうであった。以来写真の発表のないこの山の姿を地図で想像し、登行の夢を見ることも度々であった。

太市にして、第一の障害は休暇をとる理由にあった。三月の春季皇霊祭、四月の神武天皇祭が日曜日と組み合わせの休みを太市は調べてみた。三月は木曜日が祭日で、四月は土曜日であった。中二日間の休暇はとれそうもない。二日間では、あまりにも距離と高度がありすぎる。翌年の休日状況を調べてみたところ、春季皇霊祭が金曜日だったので、土曜日に休暇を予定して、一応ここに目標のプランをたててみることにした。それまでに、なんとか休暇の許可をとる工夫をせねばならない。太市は実績をつけるために仕事に励んだ。当時としては励んであたり前なのだが、成績が悪くては理由があってもたのめない。そうして上司を納得させる理由がほしい。今時分、こんなことをいえば大げさには聞こえようが、就職難時代で一寸したことでも馘首にされたときのことで、深刻なことだった。

太市は現業課の中の仕事の、計画指導と庶務を受持つ班に所属していた。班長と、その上に係長、課長、そうして局長がいるのだが、局長は雲上の存在、専ら指導監督は班長、第一に班長と親しくなり、信用を得なければならない。班長を納得させ、班長から係長にとりなしてもらうほかない。さらに課長までは大変である。一番怖いのは課長で、場合によっては、休暇をとったりする部下がいる指導者はよくないと、班長自身の信用にもかかわるのである。

読者は、太市がたくましい身体のもち主と想像されたであろうが、実は小柄で弱々しく見えた。その上頭の廻転が鈍く、お世辞一ついえない。恪勤精励だけでは、抜擢《ばつてき》にはあずからぬ時代であった。上司にとり入るためにカフェーに招待したり、官舎に貢物をもってゆくくらいの才のないものは、なかなか任官などおぼつかなかった。

太市は、そんなことができる性質ではなかった。先輩の多い中で任官候補はもちろん、特別の抜擢昇給にあやかろうなどとの慾も、殊更もっていなかった。自己の力の可能性の限界の山を目標においたのだから、馘首にさえならなければと、それ以上ののぞみは何もなかった。

休暇の理由はつけようがない。正直にいうほかはなかった。どだい嘘の言える太市でもなかった。でも、太市の希望がもてる見通しが案外早く到来したのである。その年の雪も融けて春の慰安会で定山渓へゆく電車の中であった。仕事には気むずかしいH班長が、ほがらかに冗談をぶちまけて談笑するのに隣りあわせた太市だった。「何がよくて山へいくんだ、体力づくりなら、もっと金がかからないで親にも心配をかけないものがある筈だ」という質問があった。太市は、地理が好きで、未知の探求、山の景色の美しいこと、など話しして、来年三月に一日休暇が欲しいことをいった。「馘首《くび》になったってボク知らんぞ、その覚悟でゆけ、好きなことをやって、そうなったって本望だろう」。こんないい方をされただけで別段ゆくなとはいわなかった。たのむなら、じきじき課長にした方がいい、係長にはそのときボクが頼んでやる、ともいってくれた。

課長にいう機会は、太市にもないわけではなかった。太市は課全体の事務用品の配給をする仕事だったので、印をもらいにゆくことが常にあったからだ。しかし、そのときのF課長は無口で怖かった。眼鏡越しのギョロッとした目には太市はすくむような思いで、言い出せずにのびのびになってしまった。

その年も終わり、正月早々のことだった。職員の事業熱向上の施策として、事業論文の募集があった。太市は、実績をつける好機とばかりにこれに応募することにした。太市は、庶務班では末輩のただ一人の事務員だった。そのころ事務員で庶務班に入るのはなかなかのことで、ここで成績をあげると、任官も人より早かった。小学校も満足に出ない太市が、この庶務班に入れたのは運がよい。それにはこんなことがあってのことである。

太市は、入局当時から学力のないコンプレックスを常にもっていた。中等学校卒業資格の、当時略して専検という文部省実施の試験を志していた。一料目でも受験がゆるされ、一部合格の証明書が授与された。太市はその殆んどを獲得していた。たまたま、大学を出ないで高等文官という最高の国家試験に合格し、出世した局長が赴任してきた。勉学をすすめ、役職者をはじめ全員に対して、常識、法規、実務上の試験を実施して抜擢昇進を実行していたのである。

太市は専検受験のコツでのぞんだので、事務員の中では成績がよかった。そんなことでの特別異動であったのだが、そこには、中等学校出の特別優秀な者ばかりいて、羽振りをきかせ、常に下積みの仕事より与えられなかった。

事業論文も、一つ受験のコツを活用してやろうと意慾をもやした彼である。鈍重であるが、凝り性の太市には、論文はむいていたのかもしれない。締切までの二ヵ月受験勉強のごとく夜おそくまで、案を練り資料をあつめ、推敲《すいこう》を重ねて四〇〇字詰原稿用紙二十五枚にまとめて応募した。集まった三十数編を庶務系統の係長が予選し、局課長で決定されるものだった。

待ち遠しかった発表の日が来た。結果が下の黒板に掲示された。応募者の殆んどは判任官で、中には役職者班長もいるということで、太市自身は、入選ははじめから期待はしていなかった。ただやる気を示すだけが目的であった。だが発表を見てきたN班長がにこにこして、「山多の論文一等になったぞ、うまいことやったな、おごらすぞ」といって室へ入ってきた。事務員の太市が一等で、二等以下は役職者や書記補で占められていたので、太市は大いに愉快だった。「論文に一等をとったからって仕事がいいとは限らない、いい気になるな」「論文一等よりも、事故を出さぬことだ」。ずけずけとN班長がいう。毒舌であったが、たしなめの思いやりからであった。他の係や課の者には、本気でいやがらせや皮肉をいう者もいた。

班長のいうように、太市には仕事の過失事故が多かった。凝り性であることは、事務のスピードがないということだ。スピードを要求された時代だから、急ぐと何か見落すところが出る。「山のことばかり考えているからだ」と怒鳴られたことも度々であった。でも太市は思った。テスト好きで、実務よりも学識のあることを好む局長のいる限り、馘首の対象にはならぬ安全帯に入ったことだけはたしかである。

それからふた月、いよいよ山へ行く春季皇霊祭が一週間前に近づいてきたのである。太市は正直に山へゆく理由で休暇を申し出た。伺《うかがい》簿と旅行願を書いて、課長まで印をもらいにいった。N班長W係長は何も言わなかった。ただにがにがしい顔であった。新聞を見ていたF課長は、そこへ置いてゆけといって、眼鏡の上から白い眼をむけただけだった。翌日許可が出ないので、仕事も落ちつかずにしているところ、N班長が課長室によばれて許可印をとってきてくれた。

「月曜日出なけりゃ馘首だ」と、N班長は笑いもせずいうのだった。とにかく許可がおりたので、太市は張りきった。用品の配給を二日分やる手だてをしたり、当日の仕事を先輩にたのんだりした。

こうして今から思えばばかばかしい苦労を重ねた結果、山多太市は一日の休暇をはさんだ連休三日間を予定に、北見石狩国境の山、武利岳をめざし、その前夜、大きなキスリングを背負いスキーを肩にして、M駅から網走行の夜行列車に乗ったのである。

3

上支湧別に近づくにつれ、気温は次第に高くなり、雪が深くべたついて歩きにくくなった。馬子に聞くと、「白滝あ寒いとこよ、上支湧別もそんだが、奥白滝さ入ると、まだあったかだもなあ、どういうこんだかなあ、たぶんオホーツクの風が白滝さ集るんだべな」と答えた。

馬橇は支湧別川左岸を奥へすすむので、上支湧別の市街で太市はふたたびザックを背負った。ズシンと重みが肩に加わる。だが太市には、むしろこの重さは緊張をかりたて気分がよかった。

市街から支湧別川をわたって、その南の支流のどこからか、山脈にとりつく予定であった。橋の上から川の上流を見ると、針葉樹を黒々とまとういくつもの尾根の上に、朝日を受けたドーム型の屏風岳があった。この山は層雲峡の奥に当たり、ここからつづいた山脈が、太市が越さねばならぬ国境山稜に高まっている。ちょうど逆光で地形はさだかではないが、障壁のように黒々とゆく手に立ちはだかっていた。太市が今まで見たどの山よりも嶮しく高度があった。

果して、あの上に出られるだろうか、さらに高い武利岳がそのむこうにあるのだと思うと、太市は胸のひきしまるのを覚えた。

切株が散在する開墾地を横切り、針葉樹の二つのゆるやかな尾根の出た間をめざして進んでいった。畑地がすぎ、原木運搬用の玉道に入ると、塹壕のようだった。両側が三メートルもの雪の壁をなし、ボブスレーのコースのような道である。

太市はその中を登っていった。見通しがきかないので、玉道の上に出ようとしたが、雪の壁が高くなって出られなかった。そのうち、鈴の音が聞こえて馬橇が近づいて来た。避けようがなく狼狽していると、馬子が馬をとめて、荷物をおろせという。橇の梶棒を利用してようやく塹壕の上に出て、ザックを下から差しあげてもらった。

玉道の上は雪が凹凸で歩きにくなった。行く手には国境山稜が見上げるように高まり、幾条もの襞尾根が垂れ下っていた。この頂点は海抜一七五七メートルの地図上の無名峰である。反対側石狩川の支流ニセイチャロマップ川の源頭にあたるので、同名の山というところである。直接ここにとりつくには、あまりにも高度がありすぎたし、垂れた尾根は、ところどころ岩をつけていた。太市は次の谷の合流点から右の沢へ入り、大きく迂廻してこの山稜上に達するつもりであった。玉道は正面の沢に入り、ここからはラッセルとなった。

太市はときどき立ちどまって汗をふき、三十分歩いては五分休んだ。谷は広く、川は雪に埋っていたし、伐採のあったところらしく地形は見通しが利いた。十一時ごろであった。雪の中から、屋根だけ出た無人の飯場小屋についた。太市はキャンプする時間など考え、距離的には少し下流であるが、ここを根拠にすることにした。こわれた窓から中に入り、荷の多くをおいてサブザックでコース偵察と、ラッセルをしに出かけたのである。

飯場小屋から数キロメートルゆくと、まだ伐採のない蝦夷松の密林地帯になった。これから、見通しの利かない同じような樹の幹の間を、三時間も根気よく歩きつづけた。太市は、そうした中でも、常に登頂の目安のたたぬ不安があり、明日の天候を祈る思いであった。今日、このまま山稜でビバークすることがよいか、明日ラッセルのあとをピッチをあげる方がよいか、体力にあわせて後者をとったのだが、歩いていて、ビバークの準備をして来た方が良かったかと迷いの心が頭を去来した。

やがて蝦夷松の密林をぬけ沢が真南になると、国境山稜が見えて来た。前よりも高度はなかったが、まだ障壁をなしてたちはだかって見えた。沢が左手に次第に傾斜を増して狭くなってくる。下り時間を計算して、ゆけるところまでと休みもせずに登った。ジグザグも鈍角に、右の斜面から左の斜面へと、ターンもなるべくせずに廻転弧のように登った。

太市は、こうした登りの技術は得意であった。シールも極上のものを求めたのでよく利いた。こうしてスキーが無理なほど狭く急になり、両岸が、崖状の二股に着いた。スキーを脱し、山稜へのコースを偵察することにした。右は直接国境山稜へ、左はそこからの出尾根へと、地図上で想像されたが、太市は前者には雪崩の危険を感じ、あとを選んで出尾根から国境山稜へ出ようとした。だが三十分も登ると、さっきの玉道のあたりから、前面に見上げられた斜面を見おろす尾根の小さな鞍部に出て、国境稜線へは、高い崖で行く手をさえぎられていた。二股から国境稜線へ出る沢を、雪崩のおきない日の出前に登るほかない。ちょうど予定の時間になったので、スキーにパラフィンを塗り下ることにした。沢の中を来るときのシュプールを通り、一時間余で飯場小屋にもどることができた。

あたりは暗くなっていた。太市は、小屋にもぐり、炉の中に散在した雑木で小さな火を作って、汗濡れの衣類を干した。コッヘルで雑煮をつくって腹を充たし、サブザックに明日登行に必要な装具や食料をつめて、寝袋にもぐったのだった。焚火明りの影が、めらめらと、煤の垂れた天井に映るのを見て、明日の行動をあれこれと考えているうちに、いつしか太市は眠りに落ちてしまったのである。

4

二日目、熟睡の後、目をさました太市は、枕もとの懐中電灯をとり、腕時計を照らす。予定していた三時の二十分前だった。ローソクに火を点じて、寝袋に入ったままコッヘルで雑煮を作った。バターをたくさん入れて、今日のスタミナ源とした。太市が飯場小屋の窓からもぐり出たのは、まだ夜明け前で、黒々と立つ蝦夷松の空には星が冷めたくきらめいていた。スキーをつけ、十八キロ距離競走の選手のようにスタートした。

アイゼンを履く時間もかなりあると思うので、つとめて足の疲労をさけるつもりで、ストックワークに気をつけ、ヘッドライトに照らし出される昨日のシュプールを見つめて、ただひたすらいそいだ。軽く汗をしたころ、空に青味がさしてきたが、まもなくコースは蝦夷松の密林帯の中へ入り、変化のない行進がつづいた。

山登りとは忍耐の修練である。それは肉体の苦痛もあるが、こうして、見通しの利かない沢の中を歩くことは、精神的苦痛の方がむしろ重いものである。しかし、太市は、休みのとれないことから、夜歩きにも馴れていたので、このくらいではさほどこたえはしなかった。前日五時間かかったところを二時間余りで、国境稜線が見える二股までこられた。朝の光りがスカイラインの雪を光らせ、谷は青く静かに物音ひとつしなかった。今日も快晴である。「なんとしても、今日は登頂せねばならない」と太市は自身にいい聞かせた。

　雪は前日朝から降らず、昨日のシュプールはそのままだった。軽く汗をかいた太市は、ザックをおろし、上衣をぬいでザックの紐にしばりつけた。ワイシャツの腕をまくりあげて、ふたたび、ストックを内側に力強く押しながら、次第に傾斜を増し狭くなる谷を登っていった。シューシューとスキーが雪に摩察する音が、一層あたりの静寂をさそうかに思えた。なるべく行手を見ずに、黙々とシュプールの上へ脚を交互に出すことのみに専念した。ゆるいところは歩幅をとってピッチをおとし、急なところは短くピッチをあげる。こうして、僅かでも時間の短縮と労力の空費をさけようと心がけた。やがて前日偵察の最後の二股についた。一時間半の時間短縮であった。

　これからは、新たな領域に歩を入れねばならない。岳樺の混んだ急な斜面が、今入る沢の前面にはだかり、そこに小さな沢の出口があった。夏は滝であろう、岩の間に雪の帯が垂れて、神話の、天の岩戸を思い出す地形である。まさに、雪崩の危険性のあるところであるが、昨日の好天で雪は落ちつき、大丈夫と思われた。太市は、スキーを脱しアイゼンと輪かんじきを併用した。輪かんじきだけでは、急斜面でスリップする。底雪が堅いのでアイゼンはよく利く。二本のストックを一つにし、スキーの先きにとりつけたリングに綱を通して曳いてゆくことにした。

雪の帯状の急斜面を一歩一歩登る。両岸は岩の廊下で右に左にカーブしていて、先きの見通しは全く利かない。ゆく先を気にして見上げていると、首のつけ根が痛くなるほどの急斜面である。ただ、黙々と登るばかりであると太市は心にきめた。こんなとき太市は数を読んだ。今までの経験からいくらかかっても六千も数えたら国境稜線に出られるだろうと思った。

幸い好天で、うしろをふりむくと、廻りこんできた沢筋が次第に見えてくるので、その地図上どのくらいの高さに達したかが、よく判るので気は楽であった。

こうして、太市は二時間のアルバイトを重ねた。狭い谷がつきて、上部の稜線へ扇状にひろがる要《かなめ》のところに出た。これをみて、太市は冷汗をかく思いだった。新雪でもあったら、小さな雪崩も、扇状の雪を集め避けられない岩の谷に殺到する地形をなしていたからだ。

太市は急ぎ、左の尾根、昨日つめた鞍部につづく尾根の方向にとりついていった。帰りの状態では、雪崩をさけるために、尾根の状況をも観察しておく要があった。登るにつれ、傾斜は増し雪面が堅く凍り、曳きあげるスキーが、重い分銅をさげて歩いているようだった。

出尾根上に立ち下方をのぞくと、その先きは岩になって落ちていた。昨日登った沢は地図上国境に出ている筈なのだが、この尾根の下方の大きな突起につながり、明らかに地図の誤りがみとめられた。帰路雪崩の危険があれば、これより西の尾根を下らねばと思った。出尾根の上は丸くもり上った馬の背のような地形で、上部は朝の光でぎらぎらと反射していた。あの上に立つと武利岳が見える、そう思うと太市は心がはやった。太陽がまぶしく頭を照らす。アイゼンが心よく氷雪にきしむ。傾斜がゆるくなり、それをかけ登ると一瞬前方の視野がひらけた。

石狩川の一支流、ニセイチャロマップ川の深い谷を挾んで、はじめて見る武利岳、かつて太市が苦労して登った夕張岳と同じ屋根型の山だが、それよりも一ときわ高く大きく、逆光の中に黒々と見えていた。岩をまとったその姿は、ものものしく威厳をそなえて、太市を寄せつけぬかのように感じられ、思ったより遠い。あと何時間かかるだろうか、夕張岳はビバークの地点から六時間で登った。この山は、その時間でまだ半ばも来てはいない。日暮れまで九時間、帰りの時間を計算してみると、太市にはゆけそうもない気がしてくるのだった。

張りつめていた太市は、気勢をそがれた思いがし、そこに坐りこんだのである。六時間を休みもせずに登りつづけたのだ。ザックから食料袋を出した。竹輪蒲鉾《かまぼこ》と干葡萄を食べた。竹輪はサッカリンの味がし、干葡萄は苦かった。思いのほか疲労がある、と太市は内心不安だった。僅か十分位の小憩であったが、若い太市は、遙かな武利岳を見ているうちに、一たんくじけかけた心に闘志を湧き立ちあがった。せっかく、この山の鍵とも思われた国境稜線に立つことができたのだ。あとは時間だけの問題である。たとえ夜になっても登らなければならぬと、太市は心にきめた。

国境稜線の北面は、急斜面で落ちこんでいたが、南側は緩傾斜だったので、スキーをはいた。苦労してスキーを持ちあげた甲斐はあった。ニセイチャロマップ川源頭一七五七メートルは、三角点の測量の櫓がたっていた。そこまで一時間でつき、これからは山稜は九〇度に南へカーブして狭くなりつつ下っていた。日射しは強く雪面は水を含み、スリップの危険はなかったので、狭い山稜だったがしずかにスキーで降った。

行く手の武利岳の背肩は、岩が露出し、その右手は急な雪の斜面があり、遠く見た限りでは登れそうにないものに思われた。太市はいく度も立ちどまってはため息を吐き、また自らに鞭打つごとく足を早めた。この立派な山に、社会人、日曜登山家としての限界内で登れることは、誰に誇るところもないが、自分自身の誇りとして成功させたいと思った。

太市が山を愛し好きになったのは、はじめ健康保持と、人嫌いから孤独を求めて選んだスポーツではあったが、その根底には父が移民でその血を受けついだからだともいえる。太市は幼少のころからロビンソン漂流記や、アムンゼン、リビングストンなどの探検記を好んで読んだ。それを具現しようという心が、北海道という彼にゆるされた小さな地域の中の未知を探る興味にあった。

そうして小樽近郊の小さな山に登っているうちに知りあったのが、Sという優れた岳人を中心とするグループだった。Sから大学山岳部部報や、たくさんの山岳図書を見せてもらったりして、山への情熱をかりたてた。中でも、ジャン・コストというフランスのアルピニストの超人的スピリットは、若い太市の心に強く影響を与えた。一方山の技術も、グループのスパルタ教育を受けた。スキーは、はじめ十八キロのK選手の指導であった。歩くこと、走ること、家の近くの、T中学校のグラウンドで練習するK選手のコースの内側にコースをとり、ストックワーク、二段滑走三段滑走……と毎夜練習させられた。そのあと、半月ほどしてからSの指導で、ジグザグやキックターンの登行術、さらに滑降技術に入って、直滑降、斜滑降、横滑りなどを、徹底してやらせられたのである。

Sは当時盛んになって来た、新複合競技全日本大会選手でもあった。とりわけ廻転のうまい彼が、太市には、その無器用さを見抜いてか、廻転の初歩のシュテン・ボーゲンより教えなかった。そのためか、太市は器用なスキー術はなかったが、登行には最大の力を発揮した。体力がないと思っていた太市が、登りたい探りたい一念と、このスキー術がものをいって、常人で考えられぬスピード登行を行っていたのである。この中で休みもとれぬ太市にできる最大の登行が、いまこそ行われているのである。ただ、このときは、何も考えることなく、ただひたすら真正面に聳える武利岳の威容に、強くひかれてゆくだけの行動であった。

ニセイチャロマップ川の源頭の細い尾根を標高差二〇〇メートルほど降ると、尾根はゆるくなった。二つの五〇メートルほどのコブを越しいよいよ登りにかかる。太市はのどがからからになり、まともにある太陽に照らされた鼻すじに、汗でできた塩が白く光るのが見えた。空腹で足らふらつく思いである。行手の岩壁がおおいかぶさるように大きくなってくる。コースの可能性のたしかめがつくまでと気ばかりはやった。

稜線上の大きな岩塔にゆきあたり、ここで太市はデポした。スキーを立て、これに萌黄《もえぎ》色のデポ旗をむすんだ。アイゼンをつけ、紐をむすびつつハーハーと息を吐いた。ストックを一つにして、また行動に移った。

太市は、岩塔下部の急斜面を廻わって、武利岳北肩の下へ出た。ゆく手には青黒い出壁がおおいかぶさるようにあり、頂上はその右手遙かにあった。

あせっては危険と思い、ここではじめて太市は小憩をとった。飯場小屋を出てから九時間余はたっていた。いつの間にか正午はすぎ一時近くであった。この分だと帰路は夜になることは必定である。太陽に傘がかかったのが不安をさそった。これからの行動時間を考えながら、ザックの紐を解き食料袋を出した。蒲鉾、干葡萄、林檎二つ、粟おこし、干芋など……、干葡萄と紅玉の林檎は苦くて食べられぬほどに疲れていた。それでも、つめこむように口にほおばった。水気のない粟おこしが、意外とうまかった。水筒の水も残り少なくなった。岩の間を垂れる氷柱をとってかりかりと噛った。

十分ほど休んだ太市は、岩壁の根元をまいて雪渓を下り、岩稜に沿う雪渓を登った。直射日光で腐った雪は膝まで埋まり、そのため安全感はあった。荒い息を吐きながら、急な雪渓を、ストックを持つ手と両脚の三点を交互に、身体を高みへ高みへともち上げていった。

ついに太市は屋根型の端、北肩の稜線上に立つことができた。頂上はこの屋根型の三分の二もむこうにある。南面から押し出した雪が不安定にのっかり、五指を立てたような狭い危険な山稜となる。それでも登頂が確実となったよろこびに、太市は身も心も軽くなった。Sが作ってくれたストック、特殊鋼で鋭利に磨かれて頑丈な尖端を、狭い山稜の雪にさしこんでは、慎重に一歩一歩とわたっていった。

いくつかの起伏をすぎて、朽ちた三角櫓の根もとのみが残る頂上についたのは、午後三時であった。風ひとつない無気味なくらい静かな頂上である。時間だけは容赦なくすぎているのが不思議なくらいである。のどはからからに、全身汗で蒸されるようであった。熱でもあるような感じで、帰れるだろうかと来し方の山稜を見つつ、太市は、山の雑誌で読んだ一文を思い出していた。「へばったと思ったときまでかかった時間だけは、それから死ぬまで行動できるものだ」と……太市はまだ体力に余裕があると思った。

登頂の満足感に、三十分というぜいたくな休憩をとった。水筒に残っていた水をのみほした。のどを濡らした程度の感じだった。食べものはねばっこく、なかなかのどを通らなかった。バリバリと粟おこしを、雪とともに口に入れた。

石狩川の源流地帯を雲の平という。この樹海のむこうには、ただ大きく大雪山が、そうしてそれに続くトムラウシ山と石狩岳、中央高地の山々が冷めたく雪を光らせていた。まだ太市には登ったことのない山々である。重い暗箱の写真機を出して南と北の二枚の撮影をした。予定の時間はまたたく間にすぎた。

心軽く、下りにかかった太市は、山稜から広い斜面に下り、斜めに、北肩の岩稜めがけて、いく分近道をとろうとした。雪の斜面の歩きやすいのに、ついうっかりと行動したのである。下りは早い、一〇〇メートルも下って、太市は「しまった」と叫んだ。北肩岩稜との間に幾条もの岩稜があったからだ。うかつなことだが致し方ない。またゆっくりと登りにかかり、これも雪面を登ればよいのに斜めに岩稜にとりついたために、いくつかの難場に遭遇して、思わぬ時間をとってしまった。元の北肩につきまた雪面を下るころ、ようやく太陽は西に傾き、上層雲がベールをかけたようにかかり、気温が下って、雪面はかなり堅くなった。登りの時間よりもかかっていた。太市は少しあせりを覚えたが、こんなところで遭難してはならぬと思った。遭難しても学生のように捜査隊はくり出してくれない。Sらのグループはみんな勤めの身だ。そう思うと、太市は勤め先の馘首の問題を越えて、身の安全に精神が集中していた。

不安定な雪面よりも、ホールドのある岩稜がより安全に思い、それにとりついて下った。岩登りの三点確保を考えながら、うしろむきになった下った。デポ地点につくと、もう七時、登るときの倍もの時間がかかっていた。太陽は、いつの間にか雲をかぶった大雪山のかなたに消えていた。安全地帯についた安堵から、突然太市は睡魔におそわれた。あとはニセイチャロマップまで三時間、下りは状態がよければ二時間、スキーになって一時間、いや暗いからもっとかかる……と時間の計算をしているうちに、うとうとと睡ってしまったのである。

寒さに目をさますと、あたりは暗闇であった。ザックから手さぐりでヘッドライトを出し、時計を見ると、三十分とはたっていなかった。困ったことに、ライトがザックの中で点って電源が切れ、薄く赤く息するごとく明滅していた。とりかえたばかりで電池のスペアはもっていなかった。空には曇がひろがり、真の闇夜である。冷めたい風が、西の谷から吹きあげて来る。雪が堅くなったので、アイゼンのまま歩き出したが、ときどき這松の出たところへズボズボと埋まる。電池の切れるのをおもんばかって悪場外は消して歩いているので、思わず足をとられたりして、体力をひどく消耗する。立ち止ってはハーハーと息を吐くことが多くなり、思うように身体が進まなくなっている。スキーを履いた方が楽だと思いアイゼンをぬごうとしたが、気温が下りアイゼンバンドが凍りついてとれないので、そのまま歩いていた。ニセイチャロマップの急な登りになると、股まで埋まるようになった。やむなくアイゼンバンドを、ナイフで切断して脱しスキーをはいて、狭い稜線を横這いに登った。ニセイチャロマップ川の源頭近くになったころ、雪を混えた風が足もとから吹きあげてくるのだった。

太市はそれでも、登ったことが、何よりも充たされた気持で、あとはただ動くだけで帰れると、惰性的な行動をつづけた。天候を心配してもはじまらぬし、ただ時間にゆだねるほかはない、忍耐あるのみだと思った。

風が強くなってきたので、セーターを着こんだ。あたたかくなったが、動作が鈍くなったと、太市は感じられるほどだったから、かなりの疲労になっていたのだ。もうものを食べる気にもなれず、飯場についたら何を食べようか、からからになった太市ののどは、粥を要求していた。ニセイチャロマップの源頭に達して、一応きついアルバイトは終わりとなったのでホッとした。だが、もう一つ安全地帯までには、沢へのおり口が気にかかる。おそらくクラストしているだろう。アイゼンバンドを切ったことがくやまれる。帰りつくための、難関突破の鍵が一つ残っているのだと思う。太市は気をゆるすわけにはゆかなかった。

雪風は左頬を打ち、ややもすれば風におされて、北側の急傾斜の縁に寄せられそうになる。このころ、ライトは全く用をなさなくなり、昼通ったシュプールの凍った上をそれぬように、足の感触で探り探り歩く状態であった。

おり口とニセイチャロマップの源頭の間は、くるときは一時間だった。もう二時間はたっているが、どこを歩いているかもわからない。シュプールもわからなくなってしまっている。スキーでゆける広さを感じながら歩をくり出すうちに、急にスキーの先から横にスリップしだした。ストックをついたが止らない。谷に滑落と思い、太市はかすか下方に見える斜めに出た岳樺の幹に、飛びざまに抱きついたのだった。ここから傾斜が急に落ち、スキーの足が宙になるのを感じた。どうにか頑張って、岳樺にまたがり息をのんだ太市は、これから沢への安全地帯へどうぬけたらよいか、しばし途方にくれる思いだった。

沢は危険だ、登った谷より西方の低い尾根筋を下って、傾斜のゆるいところから沢に出るより仕方がないと、目を見はり闇を透かして見るのだが、岳樺が点在する斜面がかすかに見られるだけだった。とにかく、一旦尾根にもどらねばならぬと、スキーを脱ぎクラストの斜面に突立て、靴先きでステップを切って登った。稜線に出てから、スキーは危険なので両腕にさげて歩いた。

幸い雪は堅いが、力を入れると踵まで埋るので危険はなく、そのまま稜線を歩いた。歩いているうちに、来たときの地形でないところを通っているような気がしてきた。太市は靴で雪穴をつくりその中でマッチを擦り時計を見た。十二時をすぎていた。ニセイチャロマップ源頭からの時間がかかりすぎていた。磁石を出しマッチを擦って方位をたしかめた。西についている筈なのに、北へむかっていた。地図は見られないが、大方は暗記していた。それから推定してみても、どの辺であるか現在位置がつかめなかった。尾根は下り気味になり、堅い雪の上に新雪が積っていた。谷は雪崩が心配だった。白樺の大きさから、高度がかなりさがったとみられた。白樺の幹から幹をつたいながら、下るうちに、行手前方に暗くはだかった突起があった。その鞍部にいて太市は全く見覚えのない地形に来ていることを知った。

いかに来たときと状態が違うとはいえ、時間がたちすぎていたのと、方向が北についていることで、かなり白滝側の支尾根を下っていることが想像された。わずかの登りも太市には気力を欠いた。足は自然と右の斜面へとむいた。尾根の左斜面をとらなかったのは、反対側のニセイチャロマップ側だったら、大変なことになるからであった。

スキーを肩にして、堅い雪面を踏みつけて崩しながら一歩一歩と慎重に下った。その足に力がなく、滑っては尻餅をついた。下方がどんな地形か、たぶん鞍部から谷状になることはたしかで、なるべくそれを避け、樹木地帯を下ろうと考えたのだが、思うようにならなかった。いく度もスリップして尻餅をつき、危く転げそうになった。この繰返しをするうちに、片足がステップをはずれて横になったとたん、一方のスキーを離してしまった。大変なことだと、太市は瞬間スキーのテールに飛びついたのだが、そのままスキーをもったまま逆さに斜面を滑っていった。立木に摑まろうとしたが、その力もなく、ずるずると斜面を滑り落ちてゆく、横になりまた頭が下になり上になり、次第にスピードを増していった。

太市はもうこれまでと思った。たとえ時間がなくとも、稜線で夜の明けるのを待って行動すべきだった。うかつだった。困ったことになった、とうとう遭難して世間のもの笑いになる。捜索して来てくれる仲間は太市にはいない。どうせ死ぬなら、誰が来てもわからぬところの谷に落ちてくれたら……など、様々な思いが短い時間の中に太市の脳裡を去来していった。

そのうち堅い筈の斜面が次にやわらかくなり、砂の流れる中にいるようだった。雪崩だ、泳ぐようにしなければ埋もれてしまう、と太市は思いきり手足を動かそうとしたが、思うようにならなかった。そのうち、胸のあたりを鞭で打たれたような衝撃を受け、それきりあとはもうろうとして何もわからなくなってしまった。

5

腹をなでる冷めたい風に意識をとりもどした太市は、どうしてここにいるのかを疑ったが、間もなく滑落の記憶がよみがえって来た。雪の中に埋った足、上むきになり、上衣がまくれて腹が出ていた。苦痛はどこにもなかった。手足を動かし、足を雪から抜いて立って見たが、捻挫はしてはいなかった。胸の一ヵ所のみ打撲を受けて痛みがあっただけで、負傷はなかった。半ば失心、半ば疲労で睡眠をとっていたようにも思われる。

空はいく分明けの光がさしそめ、あたりの地形が暗い中にも見わけがつくようになっていた。時計を見るまでもなく四時すぎと太市は思った。滑落したところは、両側に岩の出た狭い急な溝状の小さな谷であった。雪崩は足を埋める程度のものであった。日中の太陽熱で水気を含んだ雪が、夜とともに急激な気温降下にザラメ状になり、その上の滑落だった。

斜面が凍っていたなら、命はなかったと思うと、太市はぞっとする思いだった。溝状の谷をスピードも出ずに滑り落ちたのである。元気のよいときなら止められたであろう。どこかの岩角か樹の幹に胸を打っただけで、下の広い谷になげ出されたのだった。太市は最後の難場を幸運にも通過し得たことで、緊張から解放された思いがした。

ザックの中を見ると、雪が入って、干芋が濡れてべろべろになっていたので、それがうまく食べられた。スキーを探すと片方が向い斜面にささっていたが、もう一方が見当らなかった。輪かんじきが見当らぬし、ツボ足ではとても今日中に下れぬだろう。体力にも限界がある。なんとしても、片方のスキーを見つけねばと太市は思った。本谷の上を一〇〇メートルほど探したがなく、落ちた溝状の急な谷を探るほかなかった。覚悟をきめて、膝まで埋まる雪を、最後の力をふりしぼる気持ちで登った。あたりが明るくなって来たので、見通しも利き、左右を見ながら二十分ほど登ったところに、樹の枝に片方のスキーがひっかかっていた。つらい二十分だった。

本谷はゆるく広く、スキーで楽に下れると思うと、太市は今の今まで、生命の危険の中に対処していたことも忘れて、十一時白滝駅発の列車に間にあわせたいと慾が出た。係の末輩である太市は、いつも早めに出勤して書函や印函を机上に揃えておく勤めがあった。何喰わぬ顔でそれがしたかった。次の小樽直行は午後七時で、これに乗ると翌朝の八時四十分小樽着で、駅から走って、ようやく九時の登庁時刻に間にあう位置に庁舎があったが、山の服装を見られたくはなかった。

太市は、まだ谷のどの位置にいるのかわからなかったが、このまま下っても、上支湧別に出られることだけはたしかであると思った。食料やテントを置いた飯場小屋にも大方は出られるよう、谷が違って川下に出ても、そう遠くはないところにあるという直感があった。

スキーを滑らせて二十分で二股に出て、ここから緩傾斜のより広い谷になった。針葉樹伐採のすんだ広葉樹だけの谷で、その中に二メートル幅の道あとがずっとブッシュの中に白くつづいていた。スキーはこの中をよく滑ったが、僅かのショックにも耐えられずに、太市は何回も尻をついた。時には棒が倒れるように横に転んだ。しだいにそれがひどくなった。神経が加速度的に疲労してきたのであろう。このとき太市は睡眠なしでは、白滝まではゆけないことを感じた。

やがて白い道が尽き、大きな二股に出たとき太市は下の沢に見覚えがあった。黒々と蝦夷松のある沢であった。太市は、登りついた沢の源頭を通りすぎ、その西の方から出た支流の沢を下って来たことがわかった。出口が、川床に落ちて上部の見通しが利かなかったのだが、この沢から国境稜線にとりついた方が楽であったに違いないと思った。

間もなく飯場小屋に着いた。ただちに、コッヘルに干し飯と雪をぶちこんで火を点じた。炉の火を燃やし、濡れた衣服をその上に吊り、寝袋の中へ裸のままもぐり込んで大きく呼吸をした。太市は生きかえった思いで一杯であった。

コッヘルのめらめらとする焔の青いのを見ているとたまらなく睡くなった。雪が融けて干飯の粥ができた。味噌汁を沸かそうとしたが、味のない粥がうまくのどをうるおし、みんなすすってしまった。時計を見ると、六時半であった。白滝までスキーなら三時間以上はかかる。十一時の列車には、衣類の濡れと疲労を考えると、とても間にあわせられない。午後七時の列車にするより仕方ないと思い、太市はそのまま深い睡りに落ちてしまった。

6

天井の煙り出しの穴から、やわらかな光線がさしこんでいた。太市は、今朝飯場小屋に帰り着き食事をとってから、夢も見ずに六時間も睡りつづけたのであった。寝袋の中一ぱいに身体を伸ばしていたが、寒さは覚えず日向ぼっこをしているようなあたたかさである。

煙り出しの穴を見上げると、蝦夷松の巨幹が、太市の寝ている真上の天を支えているかに見られる。そしてその梢に、何か知らぬ小鳥が飛び交すのが見え、ピーヒーと余韻ある声で囀る。頭の疲れはとれたようだが、身体はまだ起きあがるのも億劫なほどで、胸が熱っぽかった。手で押さえてみると痛みがあった。

誰もおらぬこの飯場小屋の中は実に静かだ。造材をした頃は、三十人もの樵夫がごろ寝をしたであろうと思われるが、太市一人広い中に寝ているのを考えると、急に人が恋しくなる思いだった。ザックを用意して小屋の窓から這い出し、小屋をバックにして自家撮影をした。スキーにパラフィンをぬって出発したのは三時すぎであった。

食事と睡眠で、若い太市はまだ胸の痛みと節々や筋肉の疲れはあったが、体調は殆んど回復して、元気にスキーを滑らせることができた。支湧別に出るまでは、パラフィンが効いてよく滑った。帰りとはいえ、まだザックは七貫目はあった。玉道の凹凸と、馬糞に片脚をとられ、危く転倒しそうなこともあった。

支湧別川の奥は雪雲が低く垂れこめて何も見えなかった。快晴の一日をフルに利用して、登頂できた太市の心は明るかった。支湧別から白滝まで、単調な直線九キロメートルの道は、日中雪が解け馬糞が出てスキーが滑らず、ザックの重みが肩にめり込んだ。山稜での苦しみからみれば、ものの数ではないと太市は思った。

白滝に近づくにつれて、風が出て急激に気温がさがり耳が痛くなった。来たときと同じに白滝は寒いところだ。汗を出したあとで、太市は風邪をひいた感じがした。予定よりかなり遅れたが、列車時刻には間がある筈なのに駅に着いた時には、もう上りの列車が入っていた。それは予定の直行列車の前の旭川行きの列車だった。太市は、旭川であたたかいそばが食べたかったので、急ぎ列車へのった。

旭川までひと眠りした。駅の待合室の屋台で、そばに卵を割って二杯かきこんで食べた。べンチで小樽行列車の改札を待っていると、二時間遅れを駅員がつげに来た。月曜日は遅刻である。予期せぬことに、太市はショックだった。大変なことになりかねない。太市は職場の班長あて「列車遅延よろしくたのむ」と、家には駅まで服をとどけるようにと電報を打った。遅れて着いた列車に席をとってから、太市はすぐ洗面所へゆきひげをそった。鏡に映る顔は、雪焼けに眼鏡のあとが白くつき、ひげがのびた様は自分のものとも思われぬ様相だった。

あとは、出勤してからのいいわけ、最後まで頑張ったのだ、列車遅刻という不可抗力はいたし方ない、ままよと思うほかなかった。

太市はそのまま江別をすぎるまでねむりこけた。

〈追記〉

小説風に書いた「武利岳」は、一部の誇張を除き、行動の殆んどは当時の日記からのものである。実際の登行年次は、それから九年後のことで、大陸の戦争が本格化し、むしろ求人難をむかえようとしていたときで、逓信者の定期首切りの脅威はなくなったが、それでも国策一本の世で、山へゆく者は白い目で見られ、休暇の不自由には変わりなかった。

さらに、主人公のルート開拓の創意は、残念ながら私ではない。北大山岳部報四号所載「支湧別側より武利岳」の伊藤紀克、本野正一両氏のもので、その記録に感動しこれに従った。だが、両氏の説明通りの沢をゆかずに、本流を得策と考え登ったところ、両氏の記録と全く同じところに出た。地図の誤りによるもので、新地図では、それが修正されている。

いずれにしても、この先人の記録がなければ、私の積雪期の武利岳登頂はなかったし、この文章も書けなかった。両氏が登頂して、すでに四十年を経た現在、ペンを走らせながら敬意と感謝の念を禁じ得ない。

伊藤、本野氏の登頂一九三一（昭和六）年。

一九三八（昭和十三）年三月二十〜二十一日　単身

その後も武利岳は記録の少ない山であったが、石北線丸瀬布から武利岳に車道と、そこから東尾根に登山路ができ、遠軽山岳会の世話で交歓登山に仲間と参加して、冬登ってから二十七年目の一九六五（昭和四十）年六月十日に再び頂上に立つことができた。

美笛高地《びふい》

この日（昭和四十年五月五日）小漁山の頂上には昼すぎについた。無風快晴に、Hと二人、スキーの裏を太陽にむけてたてかけ、上半身裸になって、這松の枝を敷いて大休止をとった。支笏湖《しこう》とオコタンペ湖の急斜面を背にして、来し方をふりかえる。昨日、Hとふたりで、中山ヒュッテを早立ちして、石狩・胆振《いぶり》の国境稜線をスキーで縦走して来た。このあたりは、豊平川、尻別川《しりべつ》、長流川《おさる》と、本道半島部最長の三つの川の源流地帯である。

昭和二十九年の十五号台風をまともにうけたところで、爪あとというに似て、ひっかいたように、針葉樹林帯に被害のあとが、あらわであったが、まだ尾根の見分けもつかぬほどの密林が、いくつもあった。半島部では最も広大な原始地域で、五万分の一地形図三枚にわたる視野である。

今は亡き岳友Kと、豊平川上流二股小屋に泊まって、この山をめざしたことがある。樹林の中の深いラッセルで登れなかった。

「すぐそこまで来ていたんだな、三十年も前のことだ」

「あの山、君が秋に登った徳舜瞥山《とくしゅんべつ》、ホロホロ山だ、夏道の裏側だね、僕が登ったのは、胆振線が開通した翌年で、スキーのターンもできないほどの密林だった」

こんな話をHにしながら、そこから中山峠の方へ目を移そうとしたとき、森林の中に座蒲団を置いたような、白い台地状の地形が注意をひいた。私は一瞬目を見張った。尻別川の源流にあたる広島団体だ。父の話によくあったこの地名は、己が経験以上に強く脳裡にきざまれている。喜茂別村の開拓が殆ど進んでから、残された土地として、広島県から集団移住して開拓された高原である。家らしきものは全く見えないが、樹木もない。まだ下《しも》の部落の者が蕎麦《そば》か何かの畠に利用してでもいるのであろう。

あと、丹鳴山へ登って支笏湖へ下るばかりで充分時間があった。昼の食事をしながら、私は父の話の思い出をひき出すようにHに話したのである。それはもう半世紀もむかしのことである。

私の父周二が、先住者の伯父を頼って徳島県から真狩《まつかり》に移住したのは、明治も終わりのころであった。掘立小屋を建て、先住者が残したいくばくかの土地を耕した。ながい冬の間のたのしみに、真狩川のほとりの森に罠をかけ、またどこからか手に入れたか劇薬ストリキニーネなどを使い、狐、ムジナ（狸）、イタチ、キネズミ（リスの一種）、カワウソ、兎などを捕獲することを覚え、皮をとって町の毛皮屋へ売った。狐とカワウソは利口な動物で、なかなか罠にはかからなかったが、彼は根気よく工夫して、何年目かにとらえることができた。

真狩川は、ヤマベ、アメマス、アカハラ、カジカなどが豊富だった。従って、カワウソの棲息も多かった。カワウソは高く売れた。そのうち周二は、自分が捕獲するよりも、したものを買い集めることの方に、分があることを知り、毎年近在を歩くようになった。知来別《ちらいべつ》、御保内《おほない》、留寿都《るすっ》から洞爺《とうや》湖方面へと、旅が好きな彼は、まだ見ぬ地方を隈なく歩いた。

ながい冬のたのしみは、やがて、夏の畑作が思うようにならぬので、商売をはじめる資金稼ぎにと、意欲的になった。周二は、倶知安《くっちあん》と小樽の毛皮屋に手紙を出して、その年の相場をたしかめ、儲けを胸算用して、元金《もとで》をどう工面したか、紐を首にかけた手製の縞財布をふところに、約二旬（二十日）の予定で旅に出るのであった。

着物の裾を尻はしょりして二重マントを着、ムジナの首巻きをし、頭には、これまた厚い毛の蛸帽子、足には股引の上に赤毛套を巻きつけて、藁で編んだつまごを履く、兎の毛を裏にした大きた二本指の手袋をはめ、家に伝わる白ぬき紋の紺染めの一反風呂敷を、まるめて背中にたすきがけ、というでたちであった。さらに輪かんじきをはき、スキーのストックのように、コクワの蔓でつくった輪をつけた杖を持っていた。

ある冬のことである。喜茂別の奥、尻別川の上流から長流川へ山起えし、奥深い山村を歩き、洞爺湖を回って来たことがある。上壮渓珠《そうけいしゅ》（今の双葉）を朝早く発った周二は、その日のうちに広島団体を経て、徳舜瞥（今の大滝）の三階滝駅逓までいって泊まるつもりで、元気よく雪深い峠路を登った。人の踏みあとはしだいに細り、変わりやすい冬の空模様はあやしくなってくる。いくどとなく立ちどまっては汗をふき、帯の間から赤銅の懐中時計を出して蓋をあけて見る。雪を摑んでは口にほおばる。足は、つまごを通して毛套を濡らしてくる。予想に反してきつい登りであった。

海抜二〇〇〇尺の峠は、一望の雪原であった。広島団体である。足あとは消えていたが、凹みがあり、これに添って根曲り笹の道標がつづいていた。三町ほどゆくと雪の庇《ひさし》まで埋もれた人家があった。ここで周二は休ませてもらった。土間に入り腰をかけたが、しばらくは暗く、室内の見分けがつかなかった。雪を掘りさげた窓も半ば埋もれ、弱い光がさしこんでいた。目が馴れてくると、囲炉裏のまわりに煤けた顔をしたいく人かの家族がいた。

つまごをぬぎ毛套を乾かし、上壮渓珠からもって来た握飯を食べようとしたが、凍っていたので茶碗に入れ、お湯をかけて食べた。この高原は水の便がわるく、冬は雪を煮て水を作る。炉の中の石油罐に、ときどき雪の塊をほうりこんでいた。

十二世帯の人が、開墾をすすめているということだった。ここでは毛皮はなかった。三階滝へすぐ下ろうかと思ったが、この家で

「奥の山代さんじゃあ、こないだ大きなキツネとったんじゃと、ムジナもキネズミもきっとたまっとるじゃろ」

といわれ、奥の家で泊めてもらうことにして彼は家を出た。外は壮渓珠の谷から吹きあげてくる風で、雪原は地吹雪が荒《すさ》んでいた。それでも、周二は蛸帽子を目深にし、かんじきをつけ、道標をたよりに進んだ。ゆきついた家は、垂れた筵の入口が半ば雪に埋もれていたが、あまりに寒いのでここでも休ませてもらった。中に入って毛皮の交渉をしたが、ここは針金罠でとる兎ばかりであった。兎は商売にならぬ皮だった。

「今日はもうおそいけえ、泊まっていきんさい」

と、いってくれたが、周二は、懐中時計を見ると、まだ暮れるまでには時間があるので、山代という家までいってみることにした。

「気をつけていきんさい。帰りにも寄ってつかあさい」

雪原は、はげしく荒れていた。とうとう途中で道標を見失い、気温も下がってきたので引きかえそうとしたが、強風がまともで目もあけられなかった。あえぎあえぎさっきの家を探そうとして、時間のたつのもわからぬまま夜になってしまった。ときどくうずくまっては、風をやりすごした。二重マントの脇の下から入る風は、ひりひりと身を刺した。手はぬくいが、足は凍傷になるほど冷たかった。彼は今日一日歩き通しで疲労が加わり、しまいに動きをとめると全身にふるえがくるようになった。ここで吹雪倒《ふきだお》れになるのではないかと思った。

地吹雪が一時おさまったとき、雪原のすぐ近くに、窓からかすかにさす灯明りを見つけ、ようやくたどりつくことができた。前の家だった。ここを出て僅かの距離をさ迷い、三時間もたっていた。

「ありぁ、まあどうしゃんしたかの」

「その辺で動きとれませんでした。」

「それぁまあよかったな、ふきだおれになりゃせんかと思うとりました」

「まあまあ寒かったでしょうが、火に寄ってあたりんさい。」

家族は、中年夫婦と二十歳前後の二人息子だった。兎の肉のダシで、そばがきをつくってくれ、周二はあたたまることができた。囲炉裏火を囲んで話ははずんだ。堅雪のころになると、奥の森には獲物が多い。あの森は支笏湖までつづく深い森で、迷いこんだら出られない。××の爺が、狐をとりに入って三年になるが帰ってこない。××の息子が、三日目に出たのは三階滝だった。樹の幹にナタを目をつけ、枝を折ったり、要所には赤布を結んだりするのだが、獲物に夢中になって、方角を見失うのだという。

周二はここで、春は猟はしやすいが、毛変わり時期で、値はずっと落ちること、また鉄砲を使うと、傷によってこれまた値が落ちるということ、さらに生きた兎を使って狐をとる罠、ストリキニーネを使う方法などコツを話す。二人の息子は興味をそそられ、「わしらもキツネやムジナ獲りゆうのやってみんか」ということになり、劇薬など郵便で送ることを約束する。その翌年、赤毛の見事な狐の毛皮が、この家で手に入れることができた。

畑作の話になると、主人は顔を暗くした。そばと稲黍《いなきび》を作り、伐採した笹の根の残るところに穴を掘り、南瓜《かぼちゃ》を作っているとのことだった。

「土地はだめじゃ、雪解きぁおそうて、秋は霜が早う来て、ええ作物は穫れぁしません。十勝へでも移ろうかと思っとります」

周二は、囲炉裏の側で、兎の毛皮を貼りあわせた蒲団を着せてもらい、一度をすごした。

翌日は疲労と、窓が雪にふさがれて暗いので寝すごし、外に出ると雲一つない上天気で、冷たい太陽が雪面に反射していた。雪原の果て、上《かみ》は、森林の遥かかなたに支笏湖畔の樽前山が、くっきりと頭をもたげていた。下《しも》には、尻別岳と羊蹄山が重なって美しく襞をたれていた。夜通し荒《すさ》んだ風に、雪波が出来て歩きやすく、奥の人家をすべて訪れることができ、狐四枚ムジナが六枚キネズミが二十枚ほどの収穫があった。周二は、鈴砲傷を理由に安く買いつけ、罠の捕獲指導もおこたりなくした。

彼は昼近く高原をあとにした。二十間もあろう椴《とど》松の原生林の中の、かすかな道あとをたどったが、しまいにわからなくなった。下ったところが、長流川だから迷うことはないといってくれたので安心して、がむしゃらにすすんだ。雪は膝を没し、やがて急勾配となると、胸までも雪に没し滑り落ちるようにして下った。ときどき、ばさっと、椴松の雪が落ちてきて頭からかぶった。傾斜がゆるくなり、沢の中になっても、なかなか人家がありそうなところにはこなかった。平地になるとかんじきを抜くのに足が疲れた。三時間も歩きつづけていた。椴松の枝を折って腰をかけ、蛸帽子をぬいで汗をふいた。足の弱い彼は、膝ががくがくとなった。壮渓珠でもらった堅くなった餅を出して齧った。

思いのほか山は深かった。日は西へ傾いていた。いつ人家へ出られるのかと、周二は心細くなってきた。そのとき、かすかながら物音がした。耳を澄ましていると、ぎしぎしというかんじきの音である。それは彼がゆこうとする谷の下《しも》であった。立ちあがってその方へ急いだ。罠を見回りにくる村人だった。相手も、こんな季節に山をおりてくる人におどろいたようだ。さっそく、交渉した。あと二〜三見回りして帰るというので、明日駅逓に来てもらうことに話をつけた。

もう一町くらいよりないといわれ、その者の足跡をたどると、二股に出合い、少し登ると、氷の重なった大きな滝があった。三階滝である。滝の前の橋をわたると、急に明るく林がぬけて、むこうにたくさんの人家が見えた。

人家の一番大きな建物が駅逓所だった。「よくまあ、こんな季節に峠を越えて来たもんだ。」と、駅逓所ではおどろいた。客は周二ひとりであった。暗い畳の汚れた一室に案内された。汗がさめてくると寒く、火鉢におおいかぶさるようにしていると、頭が痛く、吐き気を催した。一酸化炭素の中毒だった。彼は外に出て吐いたあと、雪で頭を冷やしてもどり、帳場で富山の薬をもらってのみ何も食べずに蒲団にくるまった。寒い一夜であった。

それでも、若い周二は、朝になると元気をとりもどしていた。僅かの戸数よりなかったが、ここでは思わぬ収穫があった。捕獲の方法もよかった。長流川流域には、貂《てん》、カワウソがいた。

独特の罠だった。最も値の張る貂が四枚、カワウソ二枚、狐が六枚、キネズミ三十数枚も手に入った。もう目的の数は超えていた。重量はないが、風呂敷はかさばった。

ここからは人通りもあり、雪道は歩きやすかった。上徳舜瞥、中徳舜瞥、そして、門前という小さな峠を越えて、長流川流域を人家があれば寄り、大方は安いキネズミだったが、何枚か手に入れ、その夕方蟠渓《ばんけい》の部落に入った。谷からあがる温泉《ゆ》のけむり、周二は温泉にくつろぐことができるよろこびに、足はおのずと早まった。

炉の上に吊された金網に、つまごや手袋、濡れたものをかけ、衣類の裾を乾かして、彼は帳場に宿泊料をかけあった。毛皮を予想以上に買って、金は少なく心細くなっていた。この季節にしては客は多かった。雪沓《ゆきぐつ》につまご、中にはゴム靴さえも二～三足は土間にある。

「部屋がなかったら炉の端でもいい、おつゆ（汁）があったら飯だけでいいわ」

「なんとか部屋を都合します、安うしてあげます。待っとってください」

おかみは親切だった。そのわけもあとでわかった。しばらく待たされて通されたのは、奥まった小さな部屋だった。彼はまた、炭火に酔ってはならぬと、障子を全部開け放したところ、そこから中庭をはさんだむこうの棟の廊下に、たくさんの人が出て、こちらをうかがうように見ていた。周二が見ると、みんなは、何事もなかったように話しあったり、室の中へ入ってい

った。しばらくして、角刈り頭の若い男が二人来て、

「お客さん、どこから来ましたんで」

「わし真狩からですが、なんの用で?」

何の用って、と一人が気色ばんだ。他の一人が、

「まあ、お前だまっとれ、お客さんなんの用でこんなところへ、今ころ来なさって?」

「毛皮の買い集めですがな、昨日三階滝に泊まって」

「三階滝? その前は?」

「広島団体ですが、うそじゃ思うたら、これ見なはれ」

彼は風呂敷包を解きながら、

「あんたはんら、刑事はんですか?」

二人は顔を見合わせ、瞬時をおいて大きな声で笑いこけた。

「失礼なさった、わいら、あんたはん刑事かと思うて、実は、いま大開帳でしてね、旦那はんも一ちょうやりませんか」

周二も、ことの経緯がわかってほっとした。

「わし三階滝でようけ毛皮を買うて、もう余分の金ありません」

若い二人が帰ったあと、髭をつけた親分らしいのが挨拶に来た。

「若いのが失礼つかまつりました」

と、いんぎんに詫び、そのしるしに宿費を払わせてもらうといった。周二は、わけがわかればいいことだといったが、温泉から上がってくると、親分からだといって、銚子のついた膳が運ばれていた。庭を隔てた大広間では、夜通し大きな声がして、近在の者を集めて大賭博が行なわれていた。

翌日、周二は久保内《くぼない》を経て弁慶温泉にも泊まり、そして、壮瞥《そうべつ》、床丹《とこたん》温泉、向洞爺、三の原、留寿都を経て真狩市街へ、そしてすぐその脚で、狩太へ出て汽車で小樽の毛皮屋へいった。はじめは鉄砲傷で損もしたが、このときはかなりの儲けがあった。欧州大戦の好景気で毛皮の需要が大いにあった時代のことである。

支笏湖まで何十里とつづく森林、獣の天国、毛皮の宝庫、迷いこんだから出られない、出られてもあらぬ方向の里、父の話の神秘性が、幻想的に私の脳裡に強く焼きついているのだった。一望する地貌《ちぼう》、台風の爪あとの白く雪の見える部分を、針葉樹で埋めつくして考えてみると、ながい月日をあたためていた記憶のイメージと合致する思いであった。

あの時代から見れば、罠をかけることも殆どないであろう昨今、この高地は、前にも増して獣の天国であろう。風を避けて泊まった昨日の原生林では、夜中リスがテントの中を駆けめぐり、頭髪をひっかいて、眠られなかった。

父は、樽前山が見えたというが、丹鳴山か小漁山の誤りだろう。遠くに見えたとしても、風不《ぶし》死岳のかげになると思っていた。だが「双葉」と「樽前山」の図幅をあわせると、見えるはずだった。支笏湖とは反対の風不死岳の右側に貌《かお》を出し、広島団体との直線上には、意外にも遮る高さがない、複雑な地形の中の視野の谷間であった。

ここへくるコース中からも、怪奇なドームをもたげた樽前山を見た。父は地理が好きだった。新聞か雑誌の写真で樽前山を見て特徴をつかみ、地形図とてないそのころに、方位感覚のたしかなのにはおどろきである。長流川へ下る山間には、今、国民温泉に指定された北湯沢があるが、その話は聞かなかった。古い地図には温泉記号があるが、地名はない。長流川沿いの道路は当時なく、山手の街道から離れていて寄らなかったのかもしれない。

迷って三階滝へ出たというのも、うなずける地形だ。支笏湖は、最近周囲に車道ができたが、以前は汀まで森林がおおっていた。老人が、ここまでたどりついたとしても、死の湖であったわけだ。この支笏湖の西岸に金鉱が発見されたのは、昭和十年ころか？　北海道の三大金山の一つ美笛鉱山である。でも交通路は湖上よりなかった。だが、ここへも、最近大滝から白老岳の北、美笛峠を越えて車道ができ、バスも通うようになった。洞爺と支笏を直接むすぶ路線である。どの辺かと見おろしたが、森林にかくれてさだかでない。

「夏の峠路をいつか通ってみよう」と、Hと約束にならぬ約束をし、午後の日差しに、一層藍を濃くした支笏湖を眺めながら、カルデラ壁を下かった。

〈追記〉

美笛は、今「びふえ」と呼ぶが、以前は「ぴふい」と発音した。アイヌ語のピエフイ（小石の山）からきたといわれる。

雄鉾岳

気が遠くなったときのように、山が斜めにゆれ傾いて見えた。そして、山頂付近の岩群の一角がくずれ空中を落下した。遠望だからわからぬが、かなりの容積であろう。むこうの森林帯に落ちるときは、高速度撮影映画のように時間がかかって見えた。ややあって、地響きが聞こえてきた。土煙と樹木の破片らしきものが空中にとぶのも、やはり高速度撮影のように、スローモーションであった。見ているうちに、次から次に崩れていたが、落下したところから、次第に音が大きくなって、こちらに近づいてくるように感じられた。

S村は、周囲山をめぐらしたカルデラ地形で、この山の崩壊がつづいたなら、その堆石で埋もれてしまいそうな気がするのである。そのうち一きわすさまじい音がして、こちらの方に近づいてくるようである。

このS村には、目下、村の会館に有力者が集り、会議が開かれていた。村の存続可否に関わる内容であった。雄鉾岳の崩壊、爆発を予言し、全村退避を主張する者がいて、その検討であった。退避といっても、他に新しい村を建設し、ここを放棄することである。この村がこれまでに至ることを考えれば、多くの者は決しかねているのであった。

村の盆地は、温泉が湧き、稲田はたわわに稔り、カルデラ壁の一角には、含有量の多い金がとれ、豊かな平和な村であった。しかし、こうなるまでには、二十数年の歳月を経て、たゆまざる住民の努力が実った結果にほかならない。往時は、地味痩せた土地と、古い因襲から、村民の間に協調性を欠き、争いごともあとをたたなかった。

これが、戦争を境として急激に変っていった。村の男子は殆んどが出征した。同じ軍隊に数年いて、そうして南太平洋で孤立したとき、いかに協調の大切なるかをさとり、一部の者は生きながらえて敗戦となった。その半数を失って復員した村民が指導者となり、村を新しいものに変えたということである。

その具体的経緯は省こう。例をもってすれば、稲田を持つ者と、温泉の権利者が、利害相反して争ってきたのに、温泉の廃湯を水田に引き入れることにより、収穫が倍増し、水田の一部に村営のホテルを建て、宣伝もゆきとどき、道内の新しい観光地として注目せられるようになっている。

村が平和になり、豊かな財政を保ってきたその指導者の理論には、多分に宗教的なものの匂いがないではなかった。また形態は武者小路実篤の村作りに似たところもある。

とにかく観光事業までやり、着々と発展しているときだけに、村民の多くはここから離れ難かった。村と運命を共にしてもよいという者、あるいは爆発などということはおこらぬものかも知れぬという者さえいた。

雄鉾岳爆発の予言というのはこうである。

ある夜地鳴りを聞いたという者がいたり、また雄鉾岳の一角に閃光を見たという者も出た。たまたま盆地中央のボーリングによるホテルの湯量が急激に減じ、山ぞいの泉質が変ったりしたこととあわせ、何か異変があるものと、村中の者に不安がつのってきた。専門家の調査依頼とまでなり、某大学の火山、温泉、地質の権威を呼び調査してもらったのだが、何れも悲観的な意見のみで、退避への問題に発展していたのであった。

退避主張者は、全村が新たな村の代替地としてカルデラ壁の奥の高原があげられていた。笹原地帯で土壌改造開墾にはかなりの資金を必要とするが、これは鉱山の権利を業者に売ることによって解決するということであった。鉱山はカルデラ壁の崩壊により、盆地が埋まっても、支障のない反対側にあったからである。この財源がなくなるが、農業経営の機械化を業者が充分保償するというにあった。

この論議最中に、予言通りこの村のカルデラ壁の一番高く大きな部分に当る「雄鉾岳」という山の崩壊が起ったのである。

人々はみな戸外に出て、変ってゆく山の姿を見つめた。そうするうち、赤茶けた大きな岩塊がけもののごとく、斜面の樹木を倒しつつ、ごろりごろりと転がってきたのである。そのあとは土が掘れて一条の道となり、やがて、山ぎわの川の中に、水しぶきをあげて停止した。

人々は、これを見て、恐怖心をいやがうえにもかりたてられた。山頂は形をかえ、やがて、それがゆれ動くと見ると地鳴りをたてて、全村が強震におそわれた。崩壊しつづける山頂が少しも低くならぬのが奇妙と思うところ、より高く隆起していることが誰の眼にもわかってきた。明るい空に目を射る閃光のあと、ひときわ大きな岩塊が、空にあがったあと、赤黒い噴煙がパッともりあがった。噴火である。しかし、煙りはそれで終り、盛りあがる山だけが次々に崩壊しているようであった。やがては、より大きな岩石がきて、稲田に、そうして人家を倒し、カルデラを埋めるのではあるまいか?

こうなると、議論の沙汰ではない。村民は秩序を失い、避難のためごったがえした。村の第一の交通路であるK村に下る渓谷に沿うた車道へと動いた。これも、映画に見る戦場の町の避難民のごとくであった。この道路に沿うて、立派な電鉄が敷かれてはあったが、人々はこれに乗らなかった。これも学者の一人が、地殻の変動で、路線の故障で事故を起こす可能性をいったからである。自動車も使わず徒歩によるものばかりであった。

私はかつて、崖の崩れで川が堰《せか》れ、そのあと、その決壊で洪水をおこしたM温泉のことを思い出した。崩壊デブリが川を堰いたなら、同じ現象になると直感し、私は雄鉾岳とは反対側の峠を通って、K村に通じる山道をとった。ここは私一人であった。私はH市へ出張の帰路ここの温泉に一泊した一旅行者にすぎない。この私の考えなど誰にすすめても反応のあろう筈はないし、火山弾の危険がよりあるやもしれない、また、私のように足の丈夫な者でなければ、この道は通れぬだろう。

私は息せききって山道をかけた。ジグザグの道を登るにつれ、雄鉾岳崩壊の轟音は、じかにカルデラの上空を経て身体に伝わった。カルデラの中はさき程噴き上げた黒煙が棚引き、一層様相にすさまじさを示した。

いくつかのジグザグをきり、勾配がゆるくなると、から松の植林帯に入った。高い植林に視野がふさがれると、私はいくらか落つきをとりもどした。ゆくほどに蟬の声が耳に入った。私は歩をゆるめ息をついだ。何をこのように、あせっていたのであろうか？　たとえ噴火により火山弾が飛んできたとしても、それに命に落とすことは偶然である。むしろ急いでその落下地点にゆき当ることとさえあり得る。そう思うと、一旅人の私が村の事件の渦中に巻きこまれまいとして、巻きこまれているようで馬鹿らしくさえ思えるのであった。やがて道は草原帯の峠の上に出た。

ふりかえると、から松の秀《ほ》の上に、雄鉾岳の異様な姿があったが、今の今までの崩壊もなければ、あの轟音は聞こえない。カルデラ底は、から松にかくれて見えない。そこに蟬の声が、風に波打って聞こえてくるばかりである。

ゆく手は、峠からゆるい笹原のつづく傾斜地で、オレンジ色に、うねうねとくだっている山道、そのむこうに広がる噴火湾のしずかな汀《みぎわ》がのぞまれた。

今しがた、村民退避の騒音の中にあったのが、うそのような気がする。耳をすませてみても、遠ざかる蟬の声のみで、もの音一つしないしずけさであった。それでも、まだ何かおそろしいものに追われるようで、私は高原の道を急いで下っていった。

K村に通じる手前で、電鉄沿いのみちに出てほっとした。道べの草の上に休んでいると、美しい流線型の電車が、むこうの谷あいから、すべるように下ってきた。そうして、停留所でもない私の側で、静かに停車した。運転士が窓から、私に乗れと合図しているのが目にとまった。私は急いで乗った。車内は客が少なく、静かであった。深いクッションにかけたのだが、落ちつかない気持であった。私のうしろの席から年輩者らしい人の対話が聞こえてきた。

「とんだ流言ですネ、雄鉾岳が爆発するなんて……あの山は古生層で、火山帯ではないんです」

「いや、ねらいは、××鉱山会社へ村の権利を売らせる、とんだ芝居だったのですョ」

「村の結束はまだですネ、甘言にのる者もいるのですから……あの山師博士、山の方へ逃げていったというじゃありませんか」

この話を聞いているうちに、私自身がその張本人の山師のように思われて来た。山の方へいったのは私一人であったから………。

間もなく電車はK村の駅についた。私は顔を見られるのをはばかるように下車しようと出口の方へ急いだ。そうして、扉の取手に服のポケットをひっかけて、そこに膝をついた。うしろから、「大丈夫ですか」

と親切にいってくれた人が、さっきの声の主であった。私が山からの道べで乗車したことも、素知らぬふうであった。

それにしても、私はまのあたりに見た雄鉾岳の崩壊、そうして、あのときの多勢の人の混乱、また私自身、ひどく心が動揺し通しであったこと、それをどう解釈してよいのか、ただ夢を見ているような心地である。

福島峠

添田隆之介が、尻打川奥の仙見金山の飯場に来たのは、寛永十二（一六三五）年の夏も半ばのことであった。松前から福島川に沿うて、箱館への街道を福島峠へ登り、峠の上に立ったとき、日は西に傾いていた。長い登りにくらべ下ってゆく先は、すぐ近くに番所のある澄川の部落であった。隆之介は、この部落で泊る予定なので、峠で長い休憩をとった。

西方に屋根型の前仙見岳が、いくつもの襞尾根を正面に垂らし、人が腕を組むに似て両側からきわだって大きな尾根を出し、左はこの福島峠にまでのびてきている。右の尾根は澄川部落の背後を扼す。この尾根の右肩の奥に、主峰大仙見岳の三角錐がひときわ高く、こちらを睥睨するごとく端座していた。尻打川は、前仙見岳二つの尾根から出た支脈が嚙み合った中を曲折して流れ、姿は全く見せず、澄川の平地に出ても、その北の山ぎわを隠れるごとく通りすぎる。それは、谷を出た勢いが余って、この平地をも削りとったのであろう。隆之介のいる福島峠から、さらに東へ尾根は隆起して矢越山となる。尻打川はこの山にさえぎられ、北へ曲って箱館の方向をめざし延々と流れをすすめている。その部分が、西日を受けてきらめくのが遠望された。隆之介は、この前仙見岳の深い渓谷の奥に、人の住むところがあるのかと疑ってみる。そうして、金採鉱に従事する多勢の同志があるのだと思うと、逆光に縁を光らせている岳が、彼等を擁護しているごとく、神々しいものに見えた。

隆之介は、仙台藩家老の次男として生れ、元服早々ある機会から切支丹の信仰をもつようになり、父より勘当された。イタリヤ人宣教師十伍カリバリョの洗礼を受け、其の後九州にいき西洋医学を学び、庶民の中に医師として身をたて、信徒と交りをもっていたのである。そのうち、九州で教えを受けたことのある、同じくイタリヤ人宣教師、順安ポルポが訪ねて来て、医師として共に生活することとなった。それは、寛永元年、隆之介の師カリバリョが、仙台広瀬川原で水責めの拷問に耐えて殉教してから二年後のことであった。九州地方の切支丹弾圧が苛酷になりつつあるのに、その対策に苦慮し、東北や蝦夷地の信徒を思い、ポルポは海路を出羽坂田に上陸して来たのである。

カリバリョが、大きな体躯で目も青く、変装しても隠しようのないのにくらべ、ポルポは小柄で髪も黒く、目も茶色で、変装せずとも商人姿で誰疑う者がないほど日本人に似ていた。外科医術に優れ、隆之介は学ぶところが多かったが、信仰についてはカリバリョとはかなりの異った見識があり理解し得ぬことの方が多かった。

隆之介の師事した神父は、すべて幕府の迫害に対して、死をもって殉教の道を説いたのに対して、ポルポはそれに反対であった。それもはっきりと「そうしなさい」というでなく、意見を求めるごとく、聞きようによっては、独語のようにさえもとれた。

「私は弱い人間です。子供のときから勇気がなかったのです。イタリヤでは牛乗の競技があり、友達はみんな勇敢にそれに興じました。私は怖くて乗れませんでした。また、川の渡船が転覆して、乗客が溺れそうになったことがあります。そのとき、私たちは岸に居合わせました。友達はみんな川に飛びこんで助けようとしました。それなのに、私はただおろおろして、しまいにはその場から逃げてしまいました。こんな弱い男ですから修道院に入ったのです。修業のために東洋に来ました。こんなに怖い迫害があるとはしりませんでした。あなただからいいますが、拷問になど耐える人間ではありません。神父がこういうのも恥しいことですが、これが本当なのです」

ポルポは顔をあげた。

「カリバリョ師は立派な司祭です。私も崇拝し教えを受けました。信念を曲げずに天国へ旅立たれました。そのありさまは、ザビエル師によって国の教会に報告され、長く歴史の中に讃えられるでしょう。だが、隆之介どの、教理を説く泉のごときカリバリョ師が、天国へゆかれたあと、なんの教えを受けられましょう。私はそこに疑問を持ちました。私がかつて教えを受けたへレイラ師に、先年九州で逢いましたが、これと同じ疑問を投げかけてくれました。それは、私への、私の弱い心への警告ととっていましたが、カリバリョ師の殉教によって、私は考えが変わりました。教会から罵られ、不名誉の刻印をおされても、信仰の道を守りゆくことの方が大切だとしりました。そう思いませんか、隆之介どの……」

隆之介は、ただちには答えられなかった。なんの疑いをはさむことなく、説諭するカリバリョにくらべ、ぼそぼそと手を組み下をむいていうポルポの姿は、小柄な風采のあがらぬ体躯容貌とともに、いかにも卑屈に見えた。神にそむくことを怖れ、自己を生かすためのいい逃れの理屈を探しているとも、受けとれるような態度に見え、隆之介は、本心から賛成する心にはなれなかった。カリバリョの殉教は崇高なものがあった。武士の魂にも似て、泰然自若たるものがあった。それは、ローマに報告される英雄的な死であるが、ポルポにはそうした気概など微塵も感じられなかった。

隆之介には、市川為四郎という親友がいてずっと変りない交りをつづけていた。藩にポルポと共におかかえ医師となることをすすめられたこともあった。しかし隆之介は、医師は庶民の中にあることが使命と思い断った。そうしたことがあってからも、隆之介の信仰する切支丹に弾圧の手がのびているのに気を配っていた為四郎は、近々切支丹改めのあることを察知して秘かに内報してくれたのである。現実の具体的な問題となって一体ポルポはどう考えているのか、隆之介はある夜ただすのであった。

「あなたは踏絵をどうお考えですか？　踏めるでしょうか、私はとても踏めません」

ポルポは相変らず下をむいてぼそぼそと独語のようにつづけていうのであった。

「私もそれを考えていました。主は信仰の弱い人をも認めなさいと教えておられます。でも、この問題は、信仰の強い弱いではありません。信仰の強い弱いは意志だけではわかりません。信者には意志の強い人がたくさんいるでしょう。武士ばかりでなく、日本の人は意志が強い、死を怖れない。けものは死んで皮を残し、武士は死んで名を残すという言葉がありこれを尊ぶこともありましょう。が、名が残るとは、どんなことでしょう。ただ名だけが残るのは無意味です。主の導きに恥じないおこないをすればいいことです。名が残るか残らないかなどより、主が見守ってくれることをだけ考えればよいのです。切支丹改めに、私やあなたが殉教したら――死ぬことが殉教ではないと私は思うのです。一体多勢の信徒はどうなるのでしょうか、おそらく、意志の強い日本の信徒のことです、一人も生きてはいないでしょう。多くの司祭が布教して信者をつくり、殉教を説くのは、自殺の道を説くのと同じです。主は、自らの生命を絶つことを禁じられています。私は殉教とは、自殺の道だと思います。私どもは、生きて主の教をたとえそのまま伝えられなくとも、少しでも深く広く伝えねばなりません。私は弱虫です。拷問にも耐えられません。それだからいいわけにいうのではありません。今晩のことです。これを悩んで眠られずに外へ出たときのことです。東の空に主の声がありました。〃あの像を踏みなさい。あれは私の像ではありません〃

この言葉に、私は心をきめました。踏絵の像は主の像ではありません。なんの信仰もない者が、似せて作った魂のないものです。本物の主と思うところに、私はむしろ主を偽るものと考えました。転び者としてさげすまれ、うしろめたい心になるのは、主に背いたと思うからです。教会は背教者というでしょうが、自分が主を偽っていない心があれば、いささかも卑屈になる必要はありません。踏絵の像は、いわば、主を偽った憎むべき悪魔の像です。私は、踏絵を踏みます。そして、教会の指導にも抵抗します。卑怯者よ、いくじなしめと、これは教会は勿論ですが、日本の切支丹改めの役人も、きっとそう思うでしょう。思われてもいいのです。私は本当に弱虫なのだから、こんな考えがうかぶのかもしれません。それでもいいのです」

隆之介は、

「たとえ偽りにせよ、いや、人がかりにもそう思って作った像なら、そこに主は参らぬでしょうか、彫刻師は像を作るとき、よい像を作ろうと真剣に考えるでしょう。切支丹の教えは知らなくとも、異国の神を工夫しようと一途に作られた像には主が宿るのではないでしょうか。そうでなければ本当の彫刻とはいえません。長年彫刻をした私には偽りの像とは一がいにいえぬものがあります。やがてくる切支丹改めのときまで、心をきめねばなりませんが、あなたの心を思い、自然にまかせることで、主が裁いてくれることになりはせぬかと思います」

こう答えるよりほかなかった。


市川為四郎からの内報があって、ポルポは信者に対して蝦夷地へ逃れるよう、だが、そこもやがて迫害が及ぶであろうから、踏絵を踏み転ぶこと、司祭の教えから転んで、本当の主の教えの道に入り、家業に専念すること、たとえミサなどがなくとも、聖典の一部なりと、できるだけ忘れずに、かみしめること、それを活かして人に伝えることこそ信仰の道なることを、その日まで説いて廻った。

隆之介は、為四郎の好意のある友情には感謝しても、出奔することはいかにも卑怯の振舞として、武士の意地が許さなかった。

ある夏の日、郊外原ノ台の森に、切支丹信徒の疑いある者たちがひきたてられた。順安ポルポも自らの主張を実証するためか、隠れはしなかったし、信者も殆どが見えていた。これは、ポルポのすすめによって踏絵を踏むというより、カリバリョ司祭、さらにその前にこの地に来たアンジェラス司祭などの影響力があり、殉教を覚悟の表情に見られた。

松の老木の散在する千畳敷、静まりかえった日盛りに、刻を違えた梟が一声啼いて、処刑する人も、される人も無意識に顔をあげた。周囲に竹矢来が組まれ、その奥の一隅に、四角な穴がいくつも並べて掘られ、丸太が渡されていた。中央の大きな松の根方に、白い幕が張られ、その前に踏絵が置かれていた。入口近くに、切支丹信徒の疑いある者が、およそ五十名ほど並べられ、順安ポルポからひき出された。彼は、主張通り、なんのためらいもなく踏絵に足をのせた。だが、彼の身柄は釈放されなかった。役人がひきたてていずれかへ去った。

添田隆之介は蝦夷地切支丹を救う使命があったが、この期に及んでも決しかねていた。踏絵を踏むポルポの、腰を折り頭を垂れた姿が、いかにもみすぼらしいものに見え、これにひきかえ、かつてひそかに竹矢来のかげから見たカリバリョの立派な最後の姿が瞼に浮び離れなかった。

隆之介がひき出されていくとき、床几にかけるいかめしい何人もの監視役人の前を通った。その中に為四郎がいるのを認めたとき、隆之介は踏むまいと心に決めた。白い幕の前にある鋳像は、松の青を映して輪廓を光らせ神々しいものに見えた。

「踏みなされ、添田様」

聞き覚えのある刑吏の声に振り向くと、為四郎配下の者であった。反発的に彼は叫んだ。

「踏み申さぬ！」

彼はひきたてられ、両脚を丸太に縛られ、耳のうしろを小刀で刺され肥をつめた穴の中へ宙吊りにされた。胸がつかえていくども吐いた。吐くものがなくなると胃液が出ては鼻腔に流れこみむせた。その中で、

〝贋物の主の像、偽りの信仰、名を捨て、生きて福音を伝えよ、蝦夷の同志を救うは貴殿のみ……〟

ポルポのかつての言葉が、そうしてまたそれを打消すごとく、〝転ぶ者の意志の弱さよ、卑怯者の屁理屈、なんのこれしきのこと〟と、矛盾した二つの意識の繰返しが続いた。どのくらいたったろうか、うすれいく意識の中に突然大きな声が穴に反響した。

「隆之介、立派だぞ。信念をつらぬくことは、武士たる者の本懐だ。切支丹の教えであろうと

主家に一命をささげるのと、なんの変りがあろうぞ！」

隆之介のうめき声がうすらいだという刑吏の言葉に、穴の上から送った為四郎のはなむけの讃辞であった。だが、重い隆之介の頭に、為四郎の声は雷の一撃であった。彼ははっとわれにかえり、

「転ぶ、転び申す」

と、力いっぱいに声を張りあげた。

引きあげられ横たえられた隆之介は、意識がすぐにはもどらなかった。少したって、刑吏に水をかけられて目をひらいた。

「転んだとはまことか」

「転び申す」

隆之介は立とうとしたが、上半身さえ起こせなかった。刑吏二人の肩に手をかけて立ち、為四郎があとに従った。

ふたたび踏絵の前に立たせられた隆之介は、視力がおとろえ焦点が合わなかった。

「転ぶは偽りか、早うされい」

「待たれよ、よく見定めて踏む」

このとき為四郎の指図で刑吏が桶の水を隆之介の頭にかぶせた。一瞬、――意志の強い隆之介が拷問に耐えかねたのではなく、苦痛のための一時的狂乱状態ではなかったか、再び踏絵を踏ませるときは拒否するかもしれぬ――という為四郎の疑いの目を隆之介は見た気がした。

意識が蘇った隆之介は、かっと目を見開いて目の前の像を見た。先刻の像の神々しさはどこかへ消え失せ、いかにも心の通わぬ彫像であった。ただ目鼻の道具立てがあるだけで、神ならぬ人の姿にもなってはいない稚拙な彫りであった。

先刻は夢中で踏むまいとして見えなかったものか、偽られた思いで、こんな像に、幾百幾十人もの尊い信徒が死んでいったと思うと腹立たしかった。カリバリョともあろう方が、この腑抜けの像に、どうして気がつかなかったのか、それにくらべ、ためらいもなく踏絵を踏んだポルポが、自ら弱いといいながら、むしろ強靱な意志、単なる先入意識に支配されず、たしかな理性の裏づけのもとに、断乎として行動する本当の勇気の持主だと、はじめて知った。隆之介は、まだたよりなくふらつく足をもち上げ、音がするほど力強く踏絵を踏んだ。

原ノ台の切支丹改めの結果、順安ポルポは江戸へ送られたということである。たぶん、幕府の拘束を受ける医師の身であろうが、それでも彼は、死ぬよりも主の教えには従順であるというに違いないと、隆之介は思った。隆之介は仙台藩専属の医師となるよういわれたが、彼は、自由を拘束されることを好まず、医師の職は庶民の中にあることこそ、主の導きにかなうことと思い、さらに、蝦夷にいく使命があったので、腕がまだいたらぬことを理由に、許してもらった。この我侭も、いかに勘当されたとはいえ父が家老職であること、親友為四郎のとりなしがあればこそのことで、隆之介は、それを思うと心が痛んだ。

蝦夷切支丹については、秘かな情報によれば、仙見金山の産出がはかばかしくないということで、これに対して、ポルポの意見による砂金採集を試みることとの指導があった。もう一つの使命は、ほかでもないポルポの信仰のしかたを切支丹改めが行われる前に説得せねばならぬことである。この方は隆之介には自信がなかった。己もそうであるように、信者たち自身が体験を通さねば納得がいくことではない。西洋人ポルポのように、理性の上に考えをより高め行動することは至難なことである。たとえ間違っているとわかっても、それを改めることは信念を曲げると思いこむ。まして、彼等には、隆之介が転び者の立場では、なおさら説得力がないと思った。

親友為四郎の関係もあって、直ちに出発はならなかった。この間、彼は羽前最上川の上流に旅し、実地に砂金採集場を見学して、その技術を会得したのであった。

こうして二年後、津軽の海が凪ぐ季節を見定め故郷仙台を出奔したのである。松前に渡った隆之介は、かねてポルポから切支丹に好意あると聞いていた医師、風夏右衛門を訪ね、つぶさに蝦夷の近況、切支丹のおかれた立場、其の他の予備知識を得た。多勢いた松前の信徒も、もう少数しかいないということであった。別段、切支丹の改めがあったわけではないが、カリバリョが最後に、宣教師がこないことが原因のようである。夏右衛門も佐賀にあるときはポルポに学びを受けていたということで、隆之介はこの遠い蝦夷地で、旧友に逢った思いであった。

隆之介は、福島峠の上でながい時間来し方の思い出をたぐり、反芻していた。日はもう大仙見岳の肩に入ろうとしていた。陰影を濃くした山脈を見つつ、隆之介はかつて習った南画の技法では表現できぬ、未経験の美しさがあると思った。それは、蝦夷地の地形と樹木のせいであろう。見納めと思い、来し方の海峡と津軽の山を振りかえる。

旅行の好きな隆之介が、風景の美しさをこのたびの旅ほど味わったことはなかった。自然美、そこには理屈はないと思った。信仰も同じことでないかと思った。そうして、松前の風夏右衛門の言葉を思い出すのであった。

「宣教司祭が来なくなって信徒が減ったのは、切支丹の教えに力がないのではなく、信仰の道よりも、あの祈禱の儀式にひかれるものがあり、それが無くなったからではあるまいか」

隆之介は、いま強く共鳴する心地であった。司祭の魅力は教えの中味よりも、荘厳な儀式にあり、パライソ（天国）をその中に見出し、苦しみから逃れようとする。これが多くの信者の姿であろう。そうしてみれば、残る蝦夷切支丹の信者たちは、それを越えての深い信仰の人たちに違いない。転び者のポルポが教えを伝えるのは容易なことではないと隆之介は思うのであった。

さしづめ産金量を高める指導に専念しよう。この方が松前藩をして断罪を引延ばせる理由になるであろう。そうして、侍々に説得するより仕様がない。と、これからの暗い前途に考えこむのであった。

気がついてみると、日は大仙見岳のかげに入り、山の緑のみが白く輝いていた。隆之介は立ちあがった。

灯がともるころ澄川の部落に着き、小さな宿屋を見つけ草鞋をぬいだ。

〈後記〉

函館から南、松前線の中間で、いま青函トンネルの入口湯の里よりさらに南、むかし碁盤坂、改名して千軒駅があり、そのすぐ南、松前線のトンネルの上に福島峠がある。千軒は大千軒岳登山口の小さな部落である。

私がこの山に関心を持ったのは、ガイドブックにも載っていない、登山路もない未知なることの多い山であったからである。

昭和二十三年の七月のこと、東北へ出張の帰りに訪れたのがはじめてであった。知内川を渡渉しつつ溯行したが、折からの低気圧で豪雨となり、山稜に出たところで引返し、川の増水で危険な目に逢い、当時金鉱の建物と思っていた重晶石鉱山の廃屋に一夜をすごし下山したのである。

それから六年後、夏は地元の人も登っていると聞き、厳冬期の登頂をめざし、正月には積雪不足で登れず、二月はじめに目的を達することができたのである。

大千軒岳一帯は、道南ではめずらしく古生層の地質で、日高山脈と同様の浸蝕のすすんだ地形の山である。そのため知内川の両岸は迫り、雨が降ると川は急激に増水し、冬は山稜から雪崩を落とす嶮しい山である。

こんな山には、砂金が採れるといわれていたが、里人から松前藩時代の伝説めいた話を聞くことができた。それからまた十三年後の四十二年の秋に多勢の仲間と訪れている。このときは登山路がつけられたばかりか、知内川の奥、前千軒岳の源頭へ谷が急に高まる手前に、古い苔のついた石崖をめぐらしたわずかばかりの金山番屋跡の平地があり、その前のガマ状の大きな岩に碑文がはめこまれ、その上に白い立派な十字架が建てられていた。昭和二十八年の夏に函館のカトリックの宣教師により建てられ、毎年ミサが行われているということである。

一つの山に二度登ることの少ない私に、この山は小さい山ながらまたゆきたい魅力を残している。それは変化に富んだコースと特異な山の風貌もあるが、この山と共にある人の歴史や金採砿にまつわる蝦夷切支丹の秘聞のあることがあずかっている。

脚の負傷で長期入院中、私はこの山のイメージと、その後知った史実が混然となり、あらたなイメージをつくり、ペンのむくままに「前千軒岳」のフィクションを書いた。だが書きなぐりのままになっている。

これはその比較的まとった副主人公の伝記である。

地名は現在と違う字であるが、林子平蝦夷国全図（天明五年秋上梓）に拠ったものである。

阿女鱒岳

及川貞夫は、毛無山の頂上でキスリングをおろし、その上に腰をかけ汗を拭いた。好天つづきで雪霞が遠い山々をかくし、眼下の小樽市街はセピア色の煤煙につつまれている。二十万もの人が生活しているというのに、もの音一つ聞こえてこない静けさである。

四月も末、今年の積雪期最後の山行に、貞夫は単身室蘭から来たのである。目的は、小樽の裏山のかげの常盤村の、さらにずっと奥にある阿女鱒岳一〇一四メートルであった。前年仲間と小樽から室蘭までの山脈を縦走したとき、主稜からはずれたこの山の頂が目にとまった。それは誰の目にもとまらぬような貧弱な山であったが、貞夫はなぜかこの山にひかれるものがあった。誘ったなら一人くらい参加者がいたかもしれないが、「この山は自分一人がくるのを待っていてくれる」。そんな感傷的な気持ちで、朝一番の列車で小樽駅に下車したのであった。

スキーをかついで人通りの少ない街を通り毛無山を登って来たのである。

常盤村への車道は深い雪に埋もれていたが、堅くしまり平らで歩きやすく、二段滑走ですいすいと、ここちよくピッチをあげ、いつとはなしに朝里峠に達し、ここからは、針葉樹の中、スキーは飛ぶように滑り、明るい雪の高原に出た。戦後帰農者の開拓した切株が無数に雪の上に出て、その奥に霞のスクリーンを通して、オレンジ色の余市岳の大きな図体があった。

貞夫はさらに、高原を下の部落へ降り、余市川に架かる乾いた橋の上にキスリングをおろし食事をした。川は雪解水を集め、にぶい一本調子の音で橋をくぐっていた。正午で予定より遅れていたし、近くに人家があったので山でのビバークはやめにして、納屋に泊めてもらうべく交渉し、急ぎサブバックにつめかえ、軽装で出発した。

急な丘を登り、広い畑地の雪原を横切り阿女鱒川の中流へ出た。丸木橋を渡って対岸の岳へつづく尾根にとりつく。あとは時間の問題で、地形観察の苦労はあるまい、ただひたすら登るばかりと、貞夫は地図を頭に入れてピッチをあげた。緩斜面の広い尾根は白樺の純林がつづいていた。林が切れたところで、深い谷を隔てて、来るときの村の人が岳と呼んでいた一一一八メートル峰がそそりたっていた。本当の岳より高く立派だと思うが、貞夫はカメラにおさめただけで黙々と奥へと急いだ。

やがて針葉樹の純林になった。ここまでくると、街の煤煙も流れてこない。一冬を耐え、とぎすまされた松の葉は艶々として神々しかった。傾斜がきつくなり林が途切れ、岳樺が点々とあるまんじゅう山があった。その頂上に三〇メートルはあろう蝦夷松の見事な巨樹が三本、亭々と青空をつきあげていた。村人がいう三本松の三角点である。だが、ここに三角点はなく頂上でもない。貞夫は地図通り上手に山の中腹をトラバースしていた。その奥はまた暗いまでの蝦夷松の巨樹が並ぶ平地になっていた。無気味な彿域に入ってゆく感じであった。幹の間を縫っていくと、小さな平地を挾んで遥か彼方に、氷のかけらのような頂きが望まれた。小さな頂は彼をむかえるごとく、いや人気をはばかるようにひっそりとあった。やがて頂きの基部についた。スキーを脱ぎその上にザックを置き、ストックを持ち空身のまま、急な斜面に靴先を突きさしながら登った。

雪が消え、ツゲの木の出ている頂上に貞夫が立ったのは五時すぎであった。反対側の白井川の谷からは、夕霧が吹き上げてきて何も見えなかった。そんなはずはないのに、この頂上には一度来たことがあるような気がしてならなかった。

デポに降りると、すぐ近くにいま通ったばかりの熊の大きな足跡と、ゴム長靴の裏目のはっきり印された足跡が山稜沿いにつづいていた。「ザックとスキーに気がつかなかったものか、いや、気がつかなかったのは自分かもしれぬ」と思うと、貞夫は怖くなった。あたりはもう冷たい霧につつまれていた。彼は急ぎスキーをつけて滑った。と同時に、ズドーンと一発の銃声が、ごく近くの霧の中から響いてきた。彼は夢中で暗い樹林をつっ走った。斜面になってからはスキーがよく滑り、三時間以上かかった尾根を二十分足らずで下り、阿女鱒川の川べりに出て息をついたのである。丘を越え、キスリングを預けた家にもどったときは、もうあたりは真暗になっていた。

森本さんといって、老母と青年の二人生活であった。奥に蒲団を敷いてくれ、あたたかい食事でもてなしてくれた。

「オヤジ逢わなかったけぇ——鉄砲気違えの栄造が、オヤジを追って、五日もけえってこねえナ」

「熊のオヤジよりよ、栄造オヤジの方がおっかねえかも知んねぇナ」

母子の対話であった。

翌日、大雨の音を聞きながら寝すごしたが、外に出てみると一点の雲もない澄んだ空であった。来るときは気がつかなかったが、家の周囲は六尺に切った薪の山である。城壁のごとく、二〇〇メートルもつづいている。それが、ここの息子一人の作業であると聞かされて、感心もしおどろきもした。帰路は小樽峠東の松倉越で、小樽水源地に出た方が近いというので、そのコースをとった。余市川の支流小樽内川から、そのまた支流の山一沢、豆腐屋沢と地図にある出合をすぎて、美国沢から車道あとをそれて右の沢に入る。ゆく手には、消えかけた古い足跡と、今日登った靴の足跡がどこまでもつづいていた。谷はだんだん高くなり、振りかえると常盤の部落を距てて、昨日登った阿女鱒岳が遥か彼方にある。麓の住民にもあまり知られぬ小さな山であったが、山脈中低くとも劃然と一峰をなし、名を持つ山としての風格があると思って、貞夫は満足であった。そうして、この山はもう二度と登ることがない。いや二度と訪れてはならぬ山のような気がするのであった。

近道とはいうが、松倉越のこのコースは険しかったが、やがて谷は広く傾斜がゆるくなって、白樺の林がつづいた。小鳥の声もしない静けさの中、スキーの摩擦音がするのみ、と、人の声がしたような気がして、貞夫は立ちどまった。耳を澄ましていると、上の方から木の間がくれに人かげがあらわれ、やがて大きなトランクをさげた男が降りてくるのであった。斜面のコースを時々足を滑らせては尻をつき、這い上がってはトランクを引きずって近づいてくる。貞夫が「こんにちは」と挨拶を送ったのに、素知らぬ様子で貞夫の横、谷側を通りすぎようとしたが、歩をとめ、ぎょろりと目をむいて貞夫を見上げトランクを置いた。はあはあと息を吐きながら、男は、

「旦那、水ねーか、あったら飲ましてくれえ」

部落の者なら少し降りたら沢が口を開けているのを知っているはずなのに、横着な男だと思った。風体から見ると旅の者のようでもある。無帽角刈の四十がらみ、ジャンパーにゴム長靴を手拭でしばっている。コップに水筒の水を注いでやると、がぶがぶと飲みほし一息吐いてから、

「ああ腹が減った。昨日から何も喰っていねえ、旦那、なんか喰うものねえか」

とんだ男だとおどろきもしたが、一つ残った握飯を出して与えると、息もつかずにむさぼり喰うのであった。こんな男にかかわってはと、貞夫はザックを背負った。

「旦那、まちねえ、このトランク重くてしょうがねえ、そのしょい袋と、とっかえてくれねえか」

ぎくりとして、だまっていると、

「只とはいわねえ、一万円でどうだ、文句はあるめえ」

トランクの新品と風体から、小樽で強盗でもしてきたようにも思われる。貞夫は逃げようと、とっさに頭にひらめいたものがあった。松倉越は反対側は、より険しく、歩く者にとっては遠廻りの小樽峠より何キロも近いが、スキーの場合は時間的には逆にかなり損なことを――。

「取替えよう」

といって、谷下の方へターンをしてから、

「馬鹿野郎！」

と叫んで、ストックを一突き、斜滑降で飛ばした。何かわめく声がしばらく聞こえていたが、やがてまた静かな沢になり、美国沢の出合まで五分とかからなかった。そこから広い車道の雪を踏んで小樽峠へのコースを急いだ。いくら早くても追いつけまい、スキーの方に分がある、と貞夫は思いつつも、うしろから追われる気持ちが離れなかった。男の声など聞こえるはずもないのに、スキーをとめて耳を澄ましてみる。物音一つしない。汗が頬をつたってくる。しずけさに一層気味わるくなり先を急いだ。屈折する道を急勾配の近道で登り、小樽峠に出てほっとした。

越えようとした松倉越の方を見ると、人をまねくがごとき姿の松倉岩の奇岩が、雪霞にゆらいで見えた。貞夫は休みもとらずにすぐ下降についた。車道を通らずに水源地付近までつづく広尾根を滑り、またたく間に雪の消えた道へ出た。川でスキーを洗い、デポ旗でつつんで肩にしていくと、間もなく水源地に出た。

午後の日がさんさんと降りそそぐなか、堤一面に蕗の大きな花房が紫色に炎《も》えていた。すぐ近くよりバスが出ていて、小樽駅に着いたのは予定よりも早く、列車の発車まで二時間ほどあった。

常盤村の人に被害があってはならぬ、駅近くの交番へ知らせてゆこう。ものも食べずに歩き通したので腹がすいた。そばを食べることにしようと、貞夫はキスリングを駅前の「一時預り所」に預けることにした。

「預り所」の台にキスリングをおろし、何気なく側の柵に置かれたトランクに目が移って貞夫はぎょっとした。あのトランクだ。山で取替を強要されたときのトランクである。

そんなはずはない。あの男が、先にここに来られるとはとても考えようがない。しかしトランクはたしかにあのときのものである。オリーブ色の皮に、ピンクにプラスチックの持ち手、隅を金属で止めたトランク、同じ製品はいくらもあろう。だが貞夫はみた。持ち手に豆絞りの手拭が巻いてあったのを……雪の上を曳きずって底の方が半ば濡れたあとも歴然だ。名刺挿に「小林」とマジックインキで書いてあるのも記憶にあったような気がする。

貞夫はキスリングを預けたものの、気になってすぐ取りもどし、駅の人混みのかげに来て、そこから遠目に見える「預り所」の方をうかがうのであった。あのトランクをとりにくる、あの男があらわれるような気がするのであった。別段貞夫にやましいところはないはずなのに、なぜか怖かった。

いつの間にか時間がすぎて、改札案内の拡声器の声にわれにかえり、貞夫はそのまま列車にのって小樽を去ったのである。

一九七八年初稿改作

あとがき

私が小説に手を染めた動機は、職場同系の札幌郵政監察局の堺浩さんが、同人誌「楡」を出しておられ、これに参加したことにはじまる。

道南の奥深く知られない山（乙部岳）は、長らく心に温めていた山で、それをモチーフにして書いた「乙部岳」が中野美代子先生の眼にとまり、推敲をして、今は亡き小笠原克さんの「北方文芸」にも載せてもらった。元々小説的素養はまったくなく、俳句的写生でまとめたものであった。その後入院生活のときに、末岡睦さんに伊藤整の本をたくさん拝見させてもらい、小説とはかく書くことかと、それを手本として、大千軒岳の史実をもとにして四五〇枚を書き、推敲もなく中野先生に送ったのであった。「乙部岳」とはまったく違う冗漫さ、「このため三日間損をした」との評であった。これに応えて推敲すればよかったが、所詮私には小説はできぬときめて、原稿は未だに書庫深くある。本書の「福島峠」は堺さんの奨めで書いた「大千軒岳」の副主人公の話である。中野先生の教えで真面目に取り組んでいたら、ものになれたかもしれないが、当時私は美術に専念して、この方で先生にはたくさんの御評を得ている。

しかし、この方面でも後々、人々にめぐまれている。個展をして下さった渡辺東さん（画廊オキュルス）の父君で、ＳＦの元老渡辺啓助さんの「鴉」に数篇、最近は専門の方の集まった二水会の

「譚」に幾篇か書いてきた。古くからのお付き合いの北川フラムさんが発想され、唐澤秀子さんと太田昌国さんのような御専門の方がまとめて一冊にして下さることになったわけで、望外のことと感謝この上もない。

さらに齢九〇を越えて、「大千軒岳」もまとめていく。最近

合歓の下で千代に左様なら玉手箱

の句が出来た。浦島太郎の華々しさはないが、同じ心境の四十年前のモチーフがあり、まとめたいが、書く時間が来そうもない。

二〇〇一年五月五日　　一原有徳

初出一覧

I

化身――「美術手帳」一九六五年五月
銅色の月――発表雑誌不明。一九三〇年ころの職場の雑誌と思われる。
クライン・ブルーの石――渡辺啓介主宰誌「鴉」一九九三年一〇月
耳、口、鼻――「譚」二〇〇〇年一二月
掌小説十三篇
　影、人口問題、石、月の墓場、畸形児――「鴉」一九九二年六月
　廃墟、岩茸――「譚」二〇〇〇年四月
　街を見おろすルンゼ、ぐみ峠、雪のビバーグ――「譚」二〇〇〇年八月
　雪玉、秋晴――不明、おそらく一九二九年ころの職場の雑誌と思われる。
　コクワ漬――「氷原帯」一九七五年

II

乙部岳――「楡」一九七〇年七月
ニトヌプリの地吹雪――「楡」一九七一年九月
オロフレ峠――「アルプ」一九七一年一〇月
武利岳――「楡」一九七二年五月
美笛高地――「アルプ」一九七二年五月
雄鉾岳――「楡」一九七四年二月
福島峠――「楡」一九七七年六月
阿女鱒岳――「楡」一九七九年七月

クライン・ブルーの石――一原有徳「山行小説集」

発行……二〇〇一年六月一五日　初版第一刷一〇〇〇部
定価……二二〇〇円＋税
著者……一原有徳
発行者……北川フラム
発行所……現代企画室
住所……101-0064 東京都千代田区猿楽町二-二-五　興新ビル 302
電話 03-3293-9539 FAX03-3293-2735
E-mail:gendai@jca.apc.org
http://www.shohyo.co.jp/gendai/
振替……〇〇一二〇-一-一一六〇一七
印刷・製本……中央精版印刷株式会社
ISBN4-7738-0109-3 C0095 Y2200E